D0660325

LE TURQUETTO

DU MÊME AUTEUR

Mon cher Jean… de la cigale à la fracture sociale, Zoé, 1997.

Le Mystère Machiavel, Zoé, 1999.

Nietzsche ou l'Insaisissable Consolation, Zoé, 2000.

La Chambre de Vincent, Zoé, 2002.

Victoria-Hall (prix du premier roman de Sablet), Pauvert, 2004 ; Babel n° 726.

Dernière lettre à Théo, Actes Sud, 2005.

L'Imprévisible (prix des Auditeurs de la Radio suisse romande ; prix des Lecteurs FNAC Côte d'Azur), Actes Sud, 2006 ; Babel n° 910.

La Pension Marguerite (prix Lipp), Actes Sud, 2006 ; Babel n° 823.

La Fille des Louganis (prix Version Femina Virgin Megastore ; prix Ronsard des lycéens ; prix de l'Office central des bibliothèques), Actes Sud, 2007 ; Babel n° 967.

Loin des bras, Actes Sud, 2009 ; Babel n° 1068.

Le Turquetto (prix Page des libraires ; prix Jean-Giono ; prix des libraires de Nancy-*Le Point* ; prix Alberto-Benveniste ; prix Culture et Bibliothèques pour tous ; prix Casanova), Actes Sud, 2011.

Prince d'orchestre, Actes Sud, 2012 ; Babel n° 1253.

La Confrérie des moines volants, Grasset, 2013 ; Points n° 3326.

Juliette dans son bain, Grasset, 2015.

METIN ARDITI

LE TURQUETTO

roman

BABEL

à Bertrand Py

La vérité d'un homme, c'est d'abord ce qu'il cache.

ANDRÉ MALRAUX,
Antimémoires.

NOTE AU LECTEUR

Il existe au musée du Louvre un portrait attribué à Titien, intitulé *L'Homme au gant*, qui présente une curiosité.

La signature apposée au bas de la toile, TICIANUS, toute en majuscules, semble peinte de deux couleurs différentes. Le visiteur attentif peut constater, pour peu qu'il approche son regard du tableau, que le T est peint en gris foncé, alors que le reste du nom, ICIANUS, est en gris-bleu. La différence de couleur n'est pas criante, mais elle est indiscutable.

En 2001, à l'occasion de son exposition *Venise ou la Couleur retrouvée*, le musée d'Art et d'Histoire de Genève a reçu le tableau en prêt. Frappé par l'anomalie de la signature, l'historien de l'art chargé de l'accrochage a pris sur lui de procéder à une analyse.

Le résultat de cette recherche était jusqu'à récemment classé dans les archives du département des restaurations sous la référence DR-2001-48-VL-RX et consultable sur autorisation. La récente Loi genevoise sur la transparence des archives d'Etat (LTAE), votée par le Grand Conseil en octobre 2009, y donne désormais libre accès.

Voici l'essentiel de ce rapport.

SPECTROMÉTRIE DE FLUORESCENCE
PAR RAYONS X
POUR
L'HOMME AU GANT
Analyse d'une anomalie chromatique
au coin inférieur droit

Le T, de tonalité gris foncé, est composé de quelques
grains de plomb *(biacca)* et de noir de carbone. Le
mélange est issu d'une combustion incomplète de
plusieurs lipides (diverses cires, graisses et huiles) et
de résines naturelles (surtout de la colophane).

Les lettres ICIANUS bleutées proviennent d'un mélange de noir de fumée et d'azurite *(azzuro della Magna)*,
un silicate d'aluminium et de sodium de forme com-
plexe.

Tout porte à penser que la signature a été apposée
en deux temps, par deux mains différentes, et dans
deux ateliers distincts.

Du fait de la chronologie (le T a selon toute logique
été peint en premier, dans l'atelier de l'auteur), on peut
émettre l'hypothèse que le tableau n'est pas de la
main de Titien.

V. L.

La même analyse a permis de mettre au jour une
autre particularité. Le vernis qui recouvre la toile est
fait de deux résines, la sandaraque, une essence de
cyprès assez courante dans la peinture du XVIᵉ siècle,
et l'encens, dont l'utilisation dans un vernis n'a jamais
été signalée.

I
CONSTANTINOPLE

Septembre 1531

I

— Elie ! Ton père s'est arrêté !

Cette manie qu'avait Arsinée de crier, alors qu'il était sous ses yeux !

Il se tourna vers son père. Le front baigné de transpiration, celui-ci pressait sur sa vessie et urinait en pleine rue, comme les portefaix et les mendiants… Depuis qu'ils avaient pris le chemin du Bazar, c'était la troisième fois.

Elie baissa les yeux, vit de petits jets rosâtres s'échapper de la verge de son père, par intermittence, et observa les gouttelettes se perdre dans la terre battue. Soudain, il leva son regard. Ses yeux se firent durs comme deux billes noires, ses traits se tendirent et durant une dizaine de secondes il scruta son père avec férocité. Il vit un homme maigre, voûté, mal soigné…

Il le dessinerait de face. Et il tricherait. Comme chaque fois qu'il faisait un portrait de lui. Il ajouterait de la force dans le regard, ou rehausserait le port de tête, ou donnerait un peu de dignité à la posture.

Comme presque tous les dessins d'Elie, celui-ci serait "pour la pile". Elie s'asseyait en tailleur, fermait les yeux, cachait son visage de ses mains et, tout à l'intérieur de lui-même, s'imaginait en train de dessiner. Une mine de plomb à la main, il traçait un premier trait, par exemple un ovale de visage ou une ligne d'épaule, puis un deuxième, comme s'il dessinait vraiment, et ainsi de suite jusqu'à ce que le dessin soit en place. Il le regardait alors avec intensité, ajoutait ici une ombre, là un dégradé, fronçait un regard, marquait une tension sur un muscle, exactement comme si tout ce qu'il faisait était réel. Après quoi il regardait le dessin en y mettant toutes ses forces, s'en imprégnait jusqu'au plus infime détail, et le déposait sur le haut d'une pile, imaginaire elle aussi, dans un coin précis de la pièce minuscule qu'il partageait avec son père.

Le plus étrange, lorsqu'il dessinait pour la pile, touchait à la violence des émotions qui le traversaient. Dans de tels instants, un sentiment de suprématie le portait tout entier. Rien ne lui semblait impossible. Il travaillait à la plume, au pinceau, ou à la mine d'argent, utilisait mille couleurs, donnait des effets d'ombre ou de clair-obscur, en un mot, il dessinait selon son bon vouloir. Il était, enfin, maître de sa vie.

— Toi, reprit Arsinée, il faut toujours tout te répéter ! Et regarde-moi quand je te parle !

D'un coup l'envie le prit de l'énerver, et il se remit à marcher.

— Elie !

Une voix de moineau en train de piailler… Il haussa les épaules et s'arrêta. De toute façon, il n'allait pas tarder à la faire enrager.

— Pardonnez-moi, dit à cet instant son père en se tournant vers Arsinée et Roza, la Géorgienne qu'ils allaient vendre.

— Sami… fit Arsinée en secouant la tête comme pour un reproche, tu aurais dû rester à la maison.

Il allait mourir, Sami. Et même vite… Les hommes qui n'arrivaient plus à uriner mouraient vite. Ils avaient envie, ils n'arrivaient qu'à sortir de petits jets rougeâtres, après quoi ils avaient encore envie, et, à la fin, ils mouraient. Quel âge avait Sami ? Elle fit un calcul, se trompa, recommença deux fois et arriva à trente-six, puis à trente-huit. Il a l'air d'en avoir soixante-huit, se dit Arsinée. Et elle ? Cinquante-six ? Cinquante-sept ?

Elle frissonna. Combien de temps allait-elle tenir ? Elle quitta Sami des yeux et son regard tomba sur Elie. Celui-là... Il ressemblait de plus en plus à un rat. Avec son nez qui faisait comme un museau et ses yeux sans cesse à l'affût... Voilà maintenant qu'il fixait la poitrine de Roza... ! Quel voyou ! Elle allait se faire un plaisir de lui dire ses quatre vérités, et même sur-le-champ !

Elie capta son regard, sentit la colère venir, et se dit que c'était le moment de filer :

— Je vais chez Djelal Baba.

— Tu sais quel mal tu lui fais, à ton père ? lança Arsinée. Tu sais qu'il se sacrifie pour toi ?

Sami leva la main en signe d'apaisement. Il était en nage, sa vessie le tiraillait affreusement, et il en avait assez d'écouter son fils et Arsinée se chamailler.

Son silence poussa Arsinée à en rajouter :

— Tu n'es pas musulman ! Tu es juif ! Et tu n'as pas le droit de calligraphier ! Ton travail est au Esir-Han* !

Elie la connaissait. Dans des moments pareils, elle n'avait qu'une seule idée, en découdre. Il lança : "A tout à l'heure" et déguerpit par la rue des Fabricants-de-Pantoufles, où il disparut dans la masse des porteurs, des crieurs et des badauds.

— Tu devrais avoir honte ! cria Arsinée derrière lui.

Cette manie qu'il avait, d'aller se fourrer chez ce Djelal ! Un sournois, voilà ce qu'il était ! Sournois comme un rat ! Et ce Djelal Baba qui lui mettait des

* Maison des esclaves.

17

idées en tête… En plus, qu'est-ce qu'il avait à l'appeler *baba*[*] ! Il ne voyait pas qu'il blessait son père ?

Heureusement, elle était là… Pas pour le gronder… Pour l'aider à devenir quelqu'un ! Qui allait éduquer ce garçon, si elle ne s'en chargeait pas ? Certainement pas son père, le malheureux ! Ni Sofia, la voisine grecque. Avec six enfants, plus la cuisine qu'elle faisait pour la taverne, la pauvre femme… Elle l'avait nourri au sein, d'accord… Mais c'était de l'histoire ancienne !

Ce voyou d'Elie… Lorsqu'ils allaient au Han, par exemple. Il filait devant ! Et pourquoi ? Pour ne pas voir son père uriner dans la rue ? Comme si c'était sa faute, au pauvre homme, de devoir uriner tous les trois pas ! S'il avait été riche, il serait resté chez lui ! A uriner tranquillement, comme un monsieur, chaque fois qu'il en aurait eu envie ! C'est de la gratitude qu'il aurait dû ressentir pour son père, Elie… Pas du mépris… Un père qui allait à son travail comme un chien, malgré sa maladie… Et ce garnement qui n'en faisait qu'à sa tête… A courir là où il n'avait rien à faire ! A la rue des Fabricants-d'Encre, à la taverne, à l'église Saint-Sauveur… Du coup, certains jours, il fallait bien qu'elle lui dise ses quatre vérités ! Même si elle l'aimait !

Plus qu'elle n'avait jamais aimé personne… Il y avait des moments où elle ne souhaitait rien d'autre que de le serrer contre elle… De l'embrasser à l'étouffer, partout, sur les cheveux, sur les joues, dans le cou, partout… De tenir son petit corps dur collé à ses bourrelets… De sentir ses doigts se planter dans la graisse de son dos avec une telle force qu'elle y voyait du désespoir, et elle se disait alors que cet enfant avait besoin d'elle comme personne,

[*] "Père".

jamais, n'avait eu besoin d'elle, et le sentiment d'être enfin indispensable la comblait.

Ainsi, Arsinée se trouvait sans cesse partagée entre le désir de se disputer avec Elie et l'envie de le noyer de tendresse. Douze ans plus tôt, c'était elle qui l'avait sorti du ventre de sa mère. Lorsqu'elle le lui avait montré, la pauvre femme était épuisée après trente-six heures d'accouchement. Elle avait souri. Puis elle avait soufflé, dans un mélange de turc et de castillan : *"Es un kütchük fâré muy lindo"*, c'est un petit rat très mignon. Elle s'était ensuite assoupie. Une heure plus tard, elle mourait.

— Rentrons, fit Sami.

— Il est à un âge difficile, dit Arsinée. Mais c'est un bon garçon. Tu verras, un jour il te fera honneur !

Sami ne répondit pas. De l'honneur, ils étaient loin. Son fils les trahissait. Lui, sa femme, leurs parents, leurs ancêtres... Il les trahissait tous.

II

"Allaha bin shükür", murmura Djelal. Mille grâces à Dieu. Une peau de mouton pareille, il n'en avait jamais vu.

Il caressa la laine de ses pouces. Ces boucles ! Enormes, grasses, noires de sueur… L'animal n'avait pas dû être tondu depuis quatre ans, peut-être même cinq…

Ceux de la rue pouvaient le regarder de haut et l'appeler Kütchük Djelal* tant qu'ils voulaient, aucun n'avait jamais fabriqué une encre comme celle qu'il allait obtenir grâce à cette peau. Pas un seul des quarante !

Kütchük Djelal, qu'ils l'appelaient… Le bon Dieu l'avait fait petit de taille, d'accord. Et après ? Lui, au moins, était toujours soigné. Personne ne l'avait jamais vu porter un *gömlek*** maculé. Tandis que ceux de la rue… Comment ils arrivaient à travailler avec une chemise sale, il ne le savait pas. Fabriquer de l'encre nécessitait de la sérénité… De la pureté… Même les gestes les plus simples, comme rincer un flacon ou placer des calames sur une étagère, méritaient le plus grand soin.

Lui, en tout cas, accomplissait chaque tâche de son travail dans le respect du détail le plus infime.

* "Petit Djelal".
** Chemise.

Sa boutique consistait en deux pièces très petites. Dans la première, qui donnait sur la rue, se trouvaient les flacons en attente d'être vendus, ainsi qu'une table d'écriture. Les ingrédients nécessaires à la fabrication étaient rangés dans la salle arrière. Concentrés de gomme arabique, extraits de seiche, cristaux d'alun, liants, tout était disposé selon un ordre précis. Une étagère portait les ustensiles nécessaires à la fabrication et une autre, les flacons vides.

Djelal partageait sa vie entre trois activités, dont chacune lui était essentielle : la fabrication d'encres, la prière et la danse.

En réalité, les trois choses ne faisaient qu'une. Les encres étaient faites pour copier les textes sacrés, et la danse permettait à Djelal d'accéder à la sérénité, c'est-à-dire de se rapprocher du Seigneur. Ainsi chaque instant de sa vie tendait vers un même but : se conformer aux enseignements du Prophète pour les choses de l'esprit autant que pour celles du corps. Alors Djelal mettait dans chacune des trois activités tout son cœur, toute son attention, et toute sa loyauté.

Il prenait un soin infini de ce qu'il mangeait et de ce qu'il buvait. Il était reconnaissant à Dieu de l'avoir fait naître et voulait être prêt à se présenter devant Lui avec dignité et humilité, à l'instant qu'Il choisirait. Ainsi, cinq minutes ne s'écoulaient pas sans qu'il se pose les mêmes questions : Est-ce que ce que je fais est conforme aux enseignements du Prophète ? Ma vie est-elle droite, comme doit l'être celle d'un croyant, et encore plus celle d'un fabricant d'encres ? Suis-je digne d'avoir été choisi pour accomplir cette tâche ?

Bien sûr, les quolibets de ceux de la rue le faisaient souvent douter. Mais il résistait. Au fond, se disait-il, ce qui dérange les autres, c'est que je ne fais rien comme eux. C'était vrai… Ça énervait ceux de la rue, qu'il psalmodie, qu'il jeûne et qu'il danse… Cela dit, pensait Djelal, eux aussi feraient bien de jeûner de temps en temps et de s'en remettre au Seigneur… Et surtout de fabriquer leurs encres sans tricher ! Car des encres qui pâlissaient, il en voyait ! "Regarde quel bleu j'ai obtenu ! Regarde ce cramoisi ! Et ce vert !" On n'entendait que ça, à la Mürekkeptchiler sokak*. Des vantards… Evidemment, au début, leurs encres étaient extraordinaires. Brillantes, fluides, magnifiques… Rien de plus facile ! Il leur suffisait de ne pas les mouiller à la pierre d'alun ! Bien sûr, dix ou vingt ans plus tard, elles se défaisaient… Mais c'était après ! Ça ne les intéressait pas…

Lui, au contraire, forçait sur la pierre d'alun, comme le lui avait enseigné son père. Ça rendait les encres ternes, bien sûr. Mais alors, quel liant ! Quelle douceur sous le bec du calame ! En plus, l'alun chassait les termites ! Ceux de la rue avaient beau se moquer de ses encres, elles étaient mates, c'est vrai, mais elles allaient tenir dix et vingt générations !

La veille, c'était Ahmet. Celui-là… Un tricheur comme pas deux ! Il avait glissé la tête dans l'entrebâillement de sa porte avant de lancer : "Kütchük Djelalim** ! Si jamais tu as besoin de pierre d'alun, j'en ai tant que tu veux ! Je te ferai un prix !" Après quoi, il était parti en éclatant de rire. Sur le moment, Djelal avait eu envie de pleurer… Il aurait aimé lui crier : "Tu n'es qu'un cochon !" Mais il s'était ressaisi. Son devoir, c'était de fabriquer "des encres pour toujours", comme disait son père. Bien sûr, son premier devoir était de craindre Dieu. Mais le

* La rue des Fabricants-d'Encre.
** "Mon petit Djelal".

deuxième, juste après, était de fabriquer des encres dignes des versets qu'elles allaient copier, et d'honorer son père.

Süleyman Âbi… C'était ainsi que chacun l'appelait. Grand frère Süleyman. Toute la rue le respectait… Et on pouvait lire ses encres aujourd'hui comme au premier jour ! Comme quand le calligraphe avait trempé son calame dans le flacon ! Et on pourrait les lire aussi bien dans mille ans !

Son regard balaya les rangées de flacons à vendre. C'est vrai qu'il y en avait beaucoup… Les calligraphes voulaient des encres qui brillent… Qui éclatent… Malgré tout, ce qu'il vendait lui laissait de quoi vivre, et, de toute façon, il n'allait pas modifier les proportions indiquées par son père. Même si, certains jours, il lui arrivait d'être tenté… Diminuer la quantité d'alun, c'était simple… Dans de tels instants, lorsqu'il sentait qu'il devait retrouver le droit chemin, il allait danser.

Danser… Tournoyer… Tournoyer jusqu'à l'extase… Penser au Seigneur et tournoyer… Lui montrer qu'il vivait pour Le servir… Qu'il avait pour Lui une gratitude infinie. Et qu'il voulait Lui rendre grâce, chaque jour, et recommencer le lendemain, et le jour d'après, avec la même humilité.

Et puis, la danse lui offrait un répit. Dans sa boutique, il vivait dans l'appréhension de voir l'un des autres pousser sa porte, lui lancer une moquerie et le plonger dans la tristesse. Comme cet âne bâté d'Ahmet… A la confrérie où il allait danser, chacun était respectueux… On le saluait, on lui demandait comment il allait…

Son problème, c'est qu'il ne savait pas se défendre contre ceux de la rue.

Il caressa à nouveau la peau du mouton. Son père aurait été fier de lui. Il allait faire la plus belle encre qui soit.

Il sentit les larmes lui monter aux yeux, comme souvent lorsqu'il pensait à son père, et courut se cacher à l'arrière-boutique.

III

Dès qu'Elie se trouva hors de la vue d'Arsinée, il fut pris par la peur de tomber sur Zeytine Mehmet*, le cul-de-jatte qui mendiait devant le Han. S'il voyait Elie en train de se faufiler à toute vitesse dans le quartier, il voudrait lui faire la conversation. Il lui lancerait : "Tiens, tiens… Il m'a l'air bien pressé, notre petit rat ! Où est-ce qu'il va comme ça ?" En plus, Zeytine Mehmet, c'était le genre à glisser des sous-entendus devant Arsinée : "Dis donc… Ton petit rat… Qu'est-ce qu'il fait pendant que vous êtes au Han ? Il va chez Djelal Baba ? Ah oui ? Tu en es sûre ? C'est drôle, moi, j'aurais plutôt pensé à autre chose…", et ainsi de suite…

Un jour qu'Elie lui avait offert son portrait, Zeytine Mehmet l'avait examiné avec attention, puis avait lancé d'un ton méchant : "Tu as voulu m'embellir, hein, Petit Rat ? Tu as voulu m'embobiner ?" Il l'avait fixé du regard pendant quelques secondes avant d'éclater de rire. Elie avait eu la peur de sa vie.

Il fallait le ménager, Zeytine Mehmet. Ou mieux encore, l'éviter.

Il quitta la rue des Fabricants-de-Pantoufles, s'engouffra dans la première allée sur sa droite et remonta la rue des Canneurs en direction du Han. Pendant qu'il se faufilait à travers la foule du Bazar,

* "Mehmet l'Olive".

il ne cessait de penser à Arsinée. Elle était injuste, Arsinée ! Elle profitait de lui ! Elle profitait des filles, aussi ! Au fond, elle profitait de tout le monde ! Elle disait aux filles : "Si tu es gentille, Elie va faire ton portrait", et ainsi de suite, pour bien leur faire comprendre… Evidemment, lorsqu'elles avaient leur portrait sous les yeux, les filles s'effondraient de bonheur. Elles s'écriaient : "Mais c'est moi ! Moi ! Regarde !" La reconnaissance qu'elles éprouvaient à l'égard d'Arsinée était si grande qu'elles n'arrivaient pas à l'exprimer. Celle-ci obtenait alors d'elles ce qu'elle voulait, Elie le voyait bien…

Il retourna au Han par sa cour arrière, cala l'échelle à incendie contre la façade de bois, s'assura que personne ne le voyait, et grimpa deux étages. Arrivé au niveau du galetas, il entra sur la pointe des pieds et s'étendit avec soin, les yeux exactement à hauteur d'une fente large d'un pouce qu'il avait créée en grattant le torchis du plancher. Il avait alors une vue complète sur la pièce du dessous, celle où les marchands dévoilaient les filles qu'ils venaient vendre aux harems. Dans quelques minutes, il allait découvrir les seins de Roza… Enfin…

Des filles nues, il en avait déjà vu beaucoup. Mais Roza, c'était autre chose… Grande comme un homme, forte…

Soudain, ses poumons se contractèrent. Il aspira aussi profondément qu'il put et l'air siffla en traversant ses bronches si fort qu'on aurait pu l'entendre à quinze pas. Il se mit alors à inspirer par à-coups, la bouche grande ouverte, comme lui avait appris à le faire Djelal Baba, et très vite les sifflements cessèrent.

— Ça va ?

C'était la voix d'Arsinée. Elle devait être sur la coursive.

— Ça ira, répondit Sami.

— Tu te sens mieux ?

Il n'y eut pas de réponse.

— Tu es inquiet ?

A nouveau Sami ne répondit pas.

— Douze hommes de la mer Rouge ! fit quelqu'un en castillan.

— Il fallait les voir… On aurait dit douze lépreux !

— Depuis Djeddah, ils mettent trois mois à ramer comme des bœufs…

— Avec les Noirs, c'est toujours la même chose, un sur deux meurt en chemin.

— Les Caucasiennes, c'est plus sûr.

— Même les grosses, on arrive à les caser. Elles sont solides.

— Et celle que tu vends ?

— Elle vient de Géorgie.

C'était la voix de son père.

— Tu en demandes combien ?

— On commencera à sept cents piastres.

— Une fortune !

— Elle danse bien ?

— Elle est magnifique.

— Je te dis que le vizir va la prendre, fit Arsinée en turc. Il la prendrait même à sept cent cinquante. C'est son type ! Il deviendra fou en la voyant.

— Sofia, c'était huit cents, répondit Sami.

— Oui, mais elle était vraiment très belle. Pas que toi tu ne sois pas belle, ma Roza, ajouta Arsinée. Mais Sofia dansait comme une reine, alors que toi… Enfin, chacun ses talents…

Il y eut un long silence.

— Ne pleure pas, mon ange, fit à nouveau la voix d'Arsinée. Il te prendra, Osman Effendi. En plus, quatre de ses femmes viennent de chez nous, elles t'accueilleront avec gentillesse, tu verras !

Elie imagina la Géorgienne debout sur la coursive, la tête penchée et le regard à terre. Elle devait avoir les muscles du visage relâchés et la lèvre inférieure légèrement tombante.

Elle est sûrement morte de honte, pensa Elie. De honte et d'épouvante. Il la dessinerait de trois quarts, yeux baissés mais tête droite, pour lui donner de la noblesse. Il tricherait sur l'arrondi des joues, qu'elle avait trop grosses. Pour les pommettes, c'était le contraire. Elles étaient énormes, mais pas question de les raboter. Il créerait les effets d'ombre à la plume, les traits forts à la pierre noire, et les reliefs au fusain.

Une voix gutturale lança :

— Qui vend la fille ?

— *Effendim** !

C'était la voix de son père.

— Je suis le secrétaire d'Izak Bey. *Nasilsiniz, effendim*** ?

Cette façon que son père avait de prononcer *Nasilsiniz…* C'était *Nasoulsounouz* ! Pas étonnant que les gens lui parlent comme à un moins que rien… Pourquoi est-ce que son père n'apprenait pas bien le turc ? Il aurait eu l'air plus digne…

— Qui va la dénuder ?

— Moi, *effendim*, fit la voix d'Arsinée, et que l'on me sacrifie pour vous comme on sacrifie l'agneau.

— On se dépêche ! ordonna le vizir.

Les yeux sur la fente, Elie le vit entrer, suivi d'Arsinée et de Roza. Une fois au milieu de la pièce, il s'arrêta, jambes écartées et bras croisés :

— Voyons cette merveille !

Elie retint son souffle et scruta le visage du vizir. Yeux très effilés, sans cesse aux aguets. Pupilles petites, d'un noir intense. Orbites profondes. Sourcils peu fournis. Nez fin, busqué et asymétrique, tirant sur la droite. Narines épatées. Bouche mince. Moustache

---

* "Mon seigneur".

** "Comment allez-vous, mon seigneur ?"

large et très épaisse. Pommettes saillantes. Joues creuses.

— Une princesse ! dit Arsinée au vizir. Elle vous fera grand honneur, *effendim*.

Elle se tourna vers Roza :

— Ote ton voile et danse-nous quelque chose, Rozadjoum*. Montre à Osman Effendi combien tu es gracieuse !

La Géorgienne ne bougea pas.

— Allez, ma Roza, danse !

Arsinée se mit à battre des mains :

— *Lay lay lalalay lay lay ! Lay lay lalalay lay lay !*

Roza restait figée, la tête penchée sur le côté, les yeux à terre.

Arsinée arrêta sa mélopée et la regarda, l'air inquiet. Après quelques instants, elle lui souffla d'une voix tendue :

— Rozadjoum ! S'il te plaît ! De quoi avons-nous l'air ?

Elle reprit ses *lay lay lay*, mais c'était sans conviction. Lorsque la Géorgienne leva enfin les yeux, Elie vit qu'elle était terrorisée.

— *Haydé, djanoum, haydé*** ! l'encouragea Arsinée en se forçant à sourire.

Roza esquissa quelques pas de danse, le regard à nouveau baissé. On aurait dit un ours.

C'était le corps de Roza qui allait convaincre Osman Effendi, Arsinée le savait. Mais le chant et la danse faisaient partie du protocole, et la Géorgienne devait en passer par là.

— Elle chante en turc, *vallahi billahi**** ! lança Arsinée. Et très bien ! Chante *En allant à Scutari*, ma Roza.

* "Ma petite Roza".
** "Allez, mon âme, allez !" (En turc.)
*** "Vraiment, devant Dieu".

Celle-ci marmonna d'une voix à peine audible :

Usküdara giderirken altoumda bir yâmour
Kâtibimin setresi ouzoun, eteyi tchamour

Sur la route de Scutari, je suis pris par la pluie.
La redingote de mon secrétaire est si longue qu'elle
en est toute boueuse.

La fille butait sur chaque mot. Arsinée l'interrompit :

— Maintenant nous allons montrer à Osman Effendi quelle magnifique demoiselle tu es, n'est-ce pas, Rozadjoum ?

Arsinée ôta le grand châle noir qui enveloppait Roza, puis défit sa chemise et son jupon. La Géorgienne se laissa faire. Après qu'Arsinée lui eut dénoué son *shalvar**, Roza n'avait plus sur elle qu'une culotte de coton trop large et deux pièces de tissu croisées qui lui couvraient les seins. Elle se mit à trembler.

— C'est bientôt fini, lui chuchota Arsinée.

Elle défit les quatre lanières de coton qui retenaient son soutien-gorge pendant que Roza continuait de garder les bras croisés sur ses seins.

— Sois gentille, ma Roza.

Arsinée posa les mains sur les bras de la Géorgienne et d'un geste ferme l'obligea à les abaisser.

— Vous voyez ? Une reine !

— Je veux voir son derrière, ordonna Osman.

Roza éclata en sanglots.

— N'aie pas peur, mon agneau.

Arsinée fit glisser la culotte de la Géorgienne jusqu'à mi-cuisse.

Elie n'avait jamais vu un postérieur aussi imposant. Il était rond, tendu, et couvert d'un duvet au creux des reins. Il dessinerait Roza de profil, pour

---

* Long caleçon.

bien marquer l'arrondi de la fesse qui remontait légèrement à sa jonction au-dessus de la cuisse, ce qui lui donnait un galbe impressionnant.

— Pour l'arrière, ça va, lança Osman. Retourne-la.

L'Arménienne prit les mains de la fille dans les siennes et la força à pivoter. Roza avait des seins énormes. Ses tétons étaient épais, si noirs qu'ils semblaient bleu foncé.

Elie sentit son sexe pousser.

Quinze jours plus tôt, Yanaki, le fils de Sofia qui avait son âge, lui avait lancé :

— Tu as déjà secoué ton sexe ?

Elie avait fait non de la tête.

— Quand ton sexe est dur, avait poursuivi Yanaki, tu le serres et tu le secoues. Jusqu'à ce que tu pisses du lait ! Tchaaak ! Tchaaak !

Il avait fait un geste de va-et-vient :

— Quand ça gicle, tu te sens plus heureux que n'importe quand. Tu peux même t'évanouir de bonheur. Après, ton sexe rapetisse à nouveau, mais si tu attends une demi-heure, tu peux recommencer. Même dix fois par jour !

Mais Elie n'avait jamais réussi à atteindre l'évanouissement, et aucun lait ne s'était échappé de son sexe.

Maintenant Roza était face au vizir, les seins dénudés. Derrière elle, Arsinée ne lui lâchait pas les mains. Elie avait les yeux fixés sur sa toison qui remontait à mi-ventre et s'étendait jusqu'aux hanches.

— Trois cents *altoun**, annonça le vizir.

— Je crois que mon maître en souhaite quatre cents, fit Arsinée.

Elle avait parlé à voix forte, de façon à ce que Sami, qui était resté sur la coursive, puisse l'entendre.

* Pièce d'or. Une pièce d'or valait deux piastres et demie.

31

Si le coup réussissait, elle pourrait retirer quelques pièces du gousset avant de le remettre à Izak Bey. Arsinée lui dirait : "Il m'a remis tant de pièces" et Izak Bey les compterait, voilà tout. Elle savait qu'il n'oserait jamais aller chez le vizir contester le prix. Alors elle profitait de la situation.

Le vizir quitta la pièce sans répondre.

Elie l'entendit sur la coursive, qui lançait :

— Elle chante mal et danse comme un éléphant. Trois cents !

— Je le dis ce soir à Izak Bey, fit le père d'Elie.

— Tu me la fais amener demain et tu repars avec trois cents pièces.

Elie se glissa rapidement jusqu'à la fenêtre, descendit l'échelle aussi vite qu'il put et s'éloigna du Han en courant. Il quitta le Bazar par la porte du Marché-aux-Poules, prit la rue du Médressé*, parcourut une centaine de pas et retourna au Bazar par la porte des Fabricants-de-Sabres. Elle donnait sur la rue des Fabricants-d'Encre.

Quelques secondes plus tard, il était devant la boutique de Djelal Baba.

* Ecole coranique.

IV

A l'instant où Elie franchit le seuil de sa boutique, le visage de Djelal s'illumina.

Chaque minute que ce garçon passait auprès de lui était une minute de bonheur. Un enfant si attentif, si respectueux… Et qui l'appelait Djelal Baba… Personne ne l'appelait ainsi… Un garçon extraordinaire… Et d'une intelligence ! Qui d'autre dans la rue avait chaque jour la visite d'un garçon aussi intelligent ? Pas un seul des quarante ! D'ailleurs, il se l'était promis : quand Elie aurait quinze ans, il lui dirait de l'appeler Djelal Âbi. Grand frère Djelal…

Elie lui embrassa le dos de la main et la porta à son front :

— Que la journée te soit propice, Djelalbabadjim*.

— Et qu'elle le soit à toi, mon enfant. Touche ! fit Djelal en tendant la peau de mouton à Elie.

Celui-ci regarda la peau avec méfiance :

— Tu vas en faire quoi ? Un sac, pour transporter les encres et les roseaux ?

Djelal sourit, fier par avance de la surprise qu'il allait créer chez le garçon :

— Je vais en faire de l'encre, Elidjim** ! La plus belle de toutes les encres ! N'aie pas peur ! Touche !

* "Mon petit père Djelal".
** "Mon petit Elie".

33

Il prit la main d'Elie et lui passa les doigts entre les boucles de laine :

— Un mouton qui n'a pas été tondu depuis quatre ans ! Peut-être même plus ! Et il a suinté, l'animal, suinté…

Il ferma les yeux, murmura à voix basse : *"Allaha bin shükür*"*, et se mit à découper la peau. Tous les trois ou quatre coups de ciseaux, il saisissait les boucles de laine à pleines mains et les déposait dans une grande marmite d'argile. Lorsque les boucles formèrent un amas qui dépassait le bord supérieur de la marmite, il les recouvrit d'une grande assiette d'argile, retourna à l'arrière-boutique et en revint avec une pierre noire qu'il posa sur l'assiette. Le monticule de boucles s'aplatit à mi-hauteur.

— Tout à l'heure, je mettrai la marmite à chauffer, reprit Djelal. La laine va d'abord s'enfumer, puis elle va fondre et laisser un goudron. J'ajouterai de l'eau, très peu, trois doigts d'un petit verre et rien que de l'eau. Pas de gomme ! Pas d'encre de seiche ! Pas de brou de noix ! Rien ! Et pour mélanger l'eau au goudron, une tige de bambou, mon Elie, rien d'autre qu'une tige de bambou.

Elie le regardait avec une attention extrême.

— Aussi longtemps que Dieu laissera les hommes sur terre, poursuivit Djelal, on pourra lire les mots que cette encre aura écrits. Je te le dis, Elidjim… Ce sera la plus belle des encres…

Il s'arrêta et, les yeux dans ceux d'Elie, dit d'un ton solennel :

— Fabriquer cette encre, *vallahi billahi*, c'est comme prier.

Il continuait de regarder Elie avec une intensité inhabituelle :

— Tu sais par quel mot débute le Coran ?

---

* "Mille grâces à Dieu."

34

Elie fit non de la tête.

— *Iqra*. Lis. Tu comprends ce que cela veut dire, Elidjim ? Si le Coran existe, c'est grâce à l'encre !

Il s'arrêta quelques instants, emporté à nouveau par la fierté de partager son savoir avec un garçon aussi exceptionnel :

— L'encre, c'est une voix silencieuse, mon Elie. Et pour que les paroles du Prophète puissent pénétrer le croyant de toute leur beauté, cette voix doit être aussi belle que possible…

Il passa la paume de sa main sur les boucles du mouton et leva les yeux :

— *Rabbana taqqabal minna*. Que le Seigneur accepte mon offrande. Et que cette encre soit la plus belle.

Il regarda Elie en souriant :

— En attendant, voici un *toughra** pour toi.

Il ôta la peau de l'établi et y déposa une calligraphie. Sur la gauche, trois longs traits s'élançaient vers le haut. Deux autres partaient de la droite en ondulant. Au centre du sceau, d'autres lettres étaient écrites en ordre serré. Le tout était d'une beauté saisissante, et il émanait de la calligraphie une sensation d'ordre parfait.

— Au cœur de ce sceau est écrit le nom du Prophète, reprit Djelal. C'est de là que partira ton calame. Tu le copieras d'un mouvement continu. Après quoi tu traceras les deux boucles, les *tchezghis***, et tu finiras avec les verticales. Attends un instant.

Djelal se rendit dans la pièce arrière, d'où il revint avec un petit flacon de verre bleu qu'il posa sur l'établi :

— Utilise cette encre. Tu me diras ce que tu en penses.

* Sceau.
** Traits.

Cinq ans plus tôt, Djelal avait remarqué un enfant qui traînait sans cesse dans la rue des Fabricants-d'Encre. Il se mettait devant l'une ou l'autre des échoppes et observait ce qui se passait à l'intérieur avec une attention de chaque instant. Un jour qu'il s'était posté devant la boutique de Djelal, celui-ci lui avait fait signe d'entrer. Elie s'était approché et avait observé Djelal calligraphier un entrelacs de volutes, de boucles et de spirales.

— C'est un *mash'allah**. Tu veux apprendre ?

Elie avait hoché la tête. Après l'avoir observé quelques instants, Djelal avait froncé les sourcils :

— Tu respires mal. Tu le sais ?

Elie n'avait pas répondu.

— Tu souffres des bronches ?

Elie avait fait oui de la tête.

— Quand on écrit au calame, avait repris Djelal, le corps tout entier doit participer à la calligraphie. Des yeux jusqu'aux jambes. Jusqu'aux pieds. Et même jusqu'aux doigts de pieds ! Comme pour une danse. Que fait un danseur ?

— Il tourne, avait répondu Elie.

— Et pour cela, il doit… ? Il doit… ? Respirer !

Djelal lui avait appris les exercices que faisaient les soufis lorsqu'ils se préparaient à la danse, des suites d'inspirations et d'expirations, d'abord très courtes, bouche ouverte, puis lentes et longues, qui renouvelaient l'air des poumons et donnaient au corps toute sa force.

Il lui avait ensuite appris à tailler un roseau. Puis à tracer un long trait droit au calame. Puis à dessiner une volute. Puis à copier. Puis à imaginer de nouvelles façons d'écrire les caractères, en respectant la tradition tout en laissant parler le sens du beau "que chacun a dans son cœur", disait Djelal.

* "Par la grâce de Dieu".

Très vite, Elie avait acquis une maîtrise de grand calligraphe, tant pour la précision du trait que pour la sensualité du dessin. Et lorsque Djelal lui donnait des indications, on aurait dit qu'Elie les avait devinées par avance.

Le garçon éprouvait un bien-être immense lorsqu'il se trouvait chez Djelal. La calligraphie l'apaisait. Sa rigueur le rassurait. Il aimait l'effort qu'elle exigeait de lui, la possibilité qu'elle lui offrait de dessiner de façon à la fois précise et pleine de fantaisie.

L'amitié qui naquit de ces visites ne vit passer qu'un seul nuage, un jour où Djelal avait laissé Elie seul à la boutique, le temps d'effectuer une livraison. En l'attendant, Elie s'était amusé à faire son portrait, de mémoire. Lorsque Djelal rentra de sa course, Elie lui tendit son dessin, dans l'espoir d'une approbation. Tracé au calame en larges traits noirs, le visage de Djelal semblait surgir de la feuille.

Djelal devint blanc. Il ferma les yeux, laissa passer un silence, puis caressa les cheveux du garçon :

— Nos prophètes viennent de la même maison. Le sais-tu ?

Elie le regarda d'un air inquiet.

— Abraham est notre père à tous, reprit Djelal. Nous l'appelons Ibrahim. David s'appelle chez nous Davout, et Salomon, Süleyman. Nous avons un même Dieu. Nous lui parlons dans des langues différentes. C'est tout.

Le garçon baissa les yeux.

— Je suis sûr que dans le monde entier il n'y a pas un seul enfant de ton âge qui puisse faire un aussi beau portrait. Mais la Loi nous dit que nous ne devons représenter ni Dieu ni ses œuvres. Nous ne pouvons que reproduire les textes sacrés, avec humilité, en essayant de rendre toute leur profondeur et leur beauté. Allez, rentre chez toi.

Elie éclata en sanglots. Djelal lui caressa à nouveau les cheveux :

— C'est oublié, mon enfant. Je t'attendrai demain.

Elie baisa le dos de la main de Djelal, la porta à son front et quitta la boutique.

— Alors, cette encre ? lança Djelal en souriant.

— Elle est comme les autres, fit Elie. Je n'ai remarqué aucune différence. Le calame glisse parfaitement.

Djelal prit la feuille et la passa lentement sous le nez d'Elie :

— Qu'en dis-tu ?

Le garçon retint le bras de Djelal près de son visage et ferma les yeux :

— Il y a une odeur de rose.

— Oui ! fit Djelal, très bien !

Il regarda l'entrée de sa boutique, s'assura que personne ne les observait et chuchota :

— Pour cette encre, je n'utilise pas de gomme. C'est mon secret. Je mélange de la myrrhe au noir de fumée (il sourit). C'est elle qui donne à l'encre son odeur de rose ! Les gens lisent le texte, et respirent la rose, mais ils ne s'en rendent pas compte, tu comprends ? Grâce à mon encre, ils ressentent du plaisir ! Sans en être conscients !

Il baissa encore la voix :

— Certaines fois, j'ajoute une autre résine, qui vient d'Arabie. On la trouve sur un arbre appelé "l'arbre à encens". Ses cristaux sont tout blancs. Eux aussi donnent une belle odeur à l'encre. Et en plus, leur odeur t'aidera à respirer, tu verras.

Il avait parlé à voix très basse. Elie comprit que c'était dans la crainte d'être moqué par l'un des autres, et cela augmenta encore son attachement pour le petit homme.

V

— Tu auras une vie de princesse ! fit Arsinée en ajustant le soutien-gorge de Roza.

Elle en profita pour caresser sans retenue les seins de la Géorgienne.

— Des domestiques… Des robes… Des bijoux… Des parfums… Qu'est-ce que tu aurais fait, en Géorgie ? Tu aurais vécu dans la crasse ! Tu te serais usée aux travaux ! Et en récompense, ton mari t'aurait battue !

Elle s'arrêta et fixa la jeune fille :

— Tu veux que je passe la nuit avec toi ?

Roza baissa les yeux et fit non de la tête.

Arsinée s'en voulut d'avoir fait la proposition. Le temps des caresses, c'était fini. Les filles l'évitaient. Avec ses bourrelets qui débordaient de partout et ses cuisses qui ne ressemblaient plus à rien, elle faisait pitié. Quant à ses seins… Deux sacs vides et plissés.

Elle était vieille, voilà tout.

Au palais, certains jours, on l'appelait trois fois, quatre fois…

Sa vie avait basculé une nuit où Gülperi*, l'une des favorites, était venue la réveiller…

* "Fée des roses".

40

— Parfume-moi les seins, vite ! Le sultan me demande.

Arsinée avait alors douze ans. Ce qu'elle savait du massage des seins, elle l'avait appris de sa mère : "Effleure-les avec autant de douceur que si tu caressais les pétales d'une fleur…"

Elle avait à peine enduit la poitrine de Gülperi de quelques gouttes d'eau de rose que celle-ci avait soupiré :

— Tu as la légèreté d'un ange, mon Arsinée… Continue, ma beauté, continue !

Flattée par le compliment, elle avait poursuivi le massage avec lenteur. Après une minute à peine, Gülperi s'était écriée :

— Regarde mes pointes, comme elles se dressent ! Embrasse-les ! Je t'en supplie, embrasse-les, elles te le demandent !

Enivrée de vanité, Arsinée avait alors embrassé les seins de Gülperi avec autant de tendresse qu'elle avait pu y mettre.

— Caresse-les avec ta langue, mon petit ange, avait soupiré Gülperi. S'il te plaît, caresse-les avec ta langue !

Le cœur battant, Arsinée lui avait lentement léché les pointes des seins, puis les avait sucées et les avait prises entre ses dents, désorientée par le plaisir qu'elle ressentait à les mordiller, à les lâcher, à les sucer à nouveau…

Puis, émerveillée par l'effet de ses caresses sur la favorite, elle s'était arrêtée un instant, l'avait regardée, puis lui avait chuchoté au creux de l'oreille, dans l'attente d'un compliment :

— Je vous caresse comme vous le voulez, Gülperi Hanoum ?

— Mon ange… Tout mon corps veut te remercier… Mon ventre… Mes cuisses… Tout mon corps… Embrasse-le partout, je t'en supplie !

Plus tard, Gülperi l'avait parfumée à son tour :

— Pour que toi aussi tu aies une jolie poitrine, ma *hafif**.

Elle avait enduit son petit corps d'eau de rose et l'avait caressé partout, avec savoir-faire, jusqu'à ce qu'Arsinée ait un vertige. Elle s'était ensuite remise sur le dos :

— A toi, ma *hafif* ! Mon ventre veut encore te dire merci. Mon ventre et le cœur de mon ventre… Embrasse-les tendrement… Comme ça… Oui, le ventre… Et maintenant le cœur… N'aie pas peur… Oui, ma *hafif*… Le cœur de mon ventre… Embrasse ses lèvres ! Lentement, ma *hafif*…

Soudain Gülperi avait été secouée d'un plaisir violent, durant lequel, de toutes ses forces, elle avait tenu la tête d'Arsinée pressée contre son sexe :

— Tu vois dans quel état tu me mets, *hafifdjim*** ? Tu vois combien mon corps aime tes caresses ?

Le lendemain, toutes les favorites voulaient se faire parfumer par *hafif*.

Douze ans plus tard, Gülperi l'avait affranchie et Arsinée s'était fait embaucher par Izak Bey comme maîtresse des filles. Le travail consistait à préparer les Caucasiennes à leur future vie de harem. A leur arrivée, elles n'étaient que de petites paysannes auxquelles il fallait tout enseigner : le turc, la couture, le chant, la danse, tout… Mais la tâche principale d'Arsinée consistait à les initier à l'art de se tenir compagnie. "Vous dormirez plus souvent avec une femme qu'avec un homme, avertissait Arsinée, alors autant en profiter." Elle avait raison. Les nuits sans homme étaient nombreuses dans les harems, et, à ce savoir-faire particulier, chacun trouvait son

---

* "Madame".
** "Ma petite *hafif*".

compte. Les maîtres s'assuraient que leurs femmes gardaient le goût de l'amour et les favorites trouvaient le temps moins long.

Au fil des ans, l'enseignement d'Arsinée avait déclenché des affections, des préférences et des jalousies… Elle avait connu mille plaisirs en aimant ces petits corps. Mais c'était le passé… Maintenant, pour arracher à une fille la moindre marque de tendresse, c'était toute une histoire. A peine Arsinée esquissait-elle un geste que la fille s'écriait : "J'ai compris ! J'ai compris !" ou "Je vais essayer avec Aleksandra !", ou encore "Je l'ai déjà fait avec Tonya !". Et ainsi de suite…

Roza avait été capturée à l'automne de l'année précédente, en même temps que sa sœur cadette et deux cousines. Nasreddine, un capitaine habitué des côtes de la Géorgie, les avait enlevées un matin, alors qu'elles vendangeaient. A son retour à Constantinople, il avait présenté les quatre filles à Izak Bey.

Izak n'avait pas voulu de la sœur cadette. Elle avait à peine dix ans et il aurait fallu qu'il la garde longtemps avant d'en obtenir un bon prix. Ou alors il l'aurait vendue pour trois fois rien, et c'était le genre d'affaire qu'il évitait, un va-et-vient inutile. Les deux cousines étaient fortes de partout. Des filles de cuisine, s'était dit Izak, et il n'en avait pas voulu non plus. Mais devant Roza, il avait compris qu'il tenait une concubine exceptionnelle.

A treize ans, elle était déjà ample de poitrine. Ses sourcils étaient ceux d'un homme et ses yeux immenses, couleur charbon… Elle avait une très grande bouche, des lèvres épaisses et un nez fort et droit qui lui donnait un air farouche.

Arsinée n'avait pas réussi à lui apprendre grand-chose, à peine deux chansons et un pas de danse.

Roza n'avait rien de commun avec ces raffinements. C'était une sauvage, mais pour elle bien des harems seraient prêts à payer le prix fort.

— Tu te rends compte de ta chance ? reprit Arsinée. Tu n'étais qu'une petite paysanne et te voilà presque princesse ! Tu dormiras dans la soie !

Roza renifla, Arsinée haussa les épaules, termina de l'habiller et sortit sur la coursive où l'attendait Sami.

VI

— Tiens tiens, Raton… On m'a l'air moins pressé aujourd'hui…

C'était Zeytine Mehmet.

— Assieds-toi près de moi. Je ne sais pas pourquoi, mais, ce matin, je n'ai pas envie de me lever…

Il fixa Elie d'un air très sérieux, laissa passer un silence, puis d'un coup éclata de rire :

— Alors, pas de Han aujourd'hui ?

Elie s'assit les jambes en tailleur et regarda Zeytine Mehmet. C'était la première fois qu'il se trouvait à même hauteur que lui et il observa que Mehmet avait une anomalie à l'oreille droite. Son pavillon faisait une boucle bizarre.

— Toi, reprit Zeytine Mehmet, tu es un enfant intelligent ! Tu sais regarder !

Il fixa Elie dans le blanc des yeux :

— Tu as remarqué que la plupart des gens ne savent pas regarder ? Tout ce qu'ils veulent, c'est qu'on les regarde, eux ! Qu'on leur fasse des compliments. Et tu sais quoi ? Il n'y a rien de plus important dans la vie que de regarder !

Il éclata de rire :

— Toi, avec tes yeux de petit rat, tu viens d'examiner mes oreilles !

Elie baissa les yeux et sourit.

— Et tu as eu raison de le faire ! Plus tu observes les gens, plus tu apprends de choses sur eux ! Et

mieux tu les comprends ! Et (il prit un ton mysté-
rieux)… plus tu obtiens d'eux ce que tu veux…
Ha ! (A nouveau il éclata de rire.) Regarde-moi.
Qu'est-ce que tu vois ?

— Je te vois toi, fit Elie. Zeytine Mehmet.

— Tu fais des manières de petit monsieur ! Je ne
te parle pas de mes oreilles ! Ce que tu vois, c'est un
cul-de-jatte qui mendie, voilà tout ! Mais… ? Mais… ?
reprit Mehmet en écarquillant les yeux. Mais… ?

Elie hésita :

— Qui mendie bien…

— Exactement ! Je suis un *foukara**. Un pauvre.
Eh bien, sache ceci. Ma femme et ma fille, je les traite
comme des princesses ! Je les habille… Je les nourris… Comme des princesses, je te dis ! Et tu sais
pourquoi ? Parce que, tout ce qui se passe au Han,
je le vois. Une intendante passe deux trois fois devant moi et je la repère ! Par sa démarche, par sa
voix, par sa corpulence… Par n'importe quel petit
détail ! Même qu'elle est voilée, je la repère ! Je lui
lance trois mots. Qui va se méfier d'un cul-de-jatte ?
Elle me répond. Peut-être pas la première fois…
mais (il hocha lentement la tête et sourit)… elle finit
toujours par répondre ! Et là, c'est gagné ! Ce que
je ne découvre pas de son visage, je le comprends
de sa voix. Tu sais écouter une voix ?

Elie fit non de la tête.

— A la façon dont une intendante me répond,
je devine ses pensées. Je me faufile dans ses bonnes
grâces ! "Sois bonne avec Mehmet, je lui dis, et
Allah t'accordera sa miséricorde." Les intendantes
ont toutes la même crainte : que la concubine
qu'elles achètent n'inspire pas leur maître (il rit). La
pire chose qui puisse arriver à une intendante, c'est

* La racine du mot est la même que celle de *fakir*.

46

que son maître ne trouve pas ses forces devant une femme (il rit encore, longuement). Elles se disent : "Si j'ignore ce cul-de-jatte, il m'attirera le mauvais œil !" Alors elles sont généreuses avec Mehmet ! Et voilà !

Pour la sixième fois, il éclata de rire. Elie se leva.

— Tu as peur de manquer le déshabillage ? demanda Zeytine.

Il éclata encore de rire. Elie le regarda, l'air sérieux :

— Ça fait sept fois que tu éclates de rire.

— File ! lança Zeytine Mehmet. Tu n'es qu'un petit rat !

VII

— Celle-là, fit Arsinée, elle finira sa vie dans les cuisines. Tu vois ta chance ?

Dans une pièce qui donnait sur la cour du Han, une femme de forte corpulence était en train d'être palpée à même sa robe par une intendante.

Roza se remit à pleurer, et Arsinée ne chercha pas à la consoler. Les ventes de filles, les séparations, les déchirements, elle en avait plus qu'assez. Ce qui la préoccupait à cet instant, c'étaient ses jambes. Le retour à Balat se faisait en montée. Dans cinq minutes, elle serait épuisée. Et le trajet durait une heure… A son arrivée, elle serait une épave… Ce cochon d'Izak Bey… Il voyait bien qu'elle arrivait au bout de ses forces… Un de ces jours, il la mettrait aux cuisines et la ferait travailler pour un croûton… Jusqu'à ce qu'elle crève… Il faudrait bien qu'elle accepte… Elle n'avait nulle part où aller ! Elle était à sec ! Pas une piastre… Il allait en profiter ! Comme il profitait de tout…

Qu'est-ce qu'elle avait été bête…

Cela avait commencé avec Iolanda. Une gazelle… Des yeux d'un vert si clair qu'on aurait pu les croire blancs. Il suffisait que Iolanda pose son regard sur Arsinée pour qu'elle se sente chavirer. Et ses cuisses… Une des merveilles du monde, les cuisses de Iolanda… Des cuisses qui n'en finissaient pas… Et lorsqu'elles finissaient, c'est-à-dire lorsqu'elles se transformaient en postérieur, c'était pire… Un vertige, chaque fois. Et sa peau… Ses seins… Des seins de grosse sur un corps de maigre… Iolanda qui se faisait payer pour chaque caresse : "Non, non, ça, tu me l'as déjà montré. Mais si tu me fais un cadeau…" Et Arsinée courait au Bazar lui acheter une bague ou un parfum.

Pendant vingt-cinq ans, elle n'avait pas touché aux quarante *altoun* que lui avait donnés Gülperi. Au départ de Iolanda, il lui en restait quatre. Et maintenant, plus rien. Pas une piastre. Quant à économiser, au point où elle en était… Les quelques pièces qu'elle arrivait à voler disparaissaient en cadeaux pour l'une ou l'autre des filles, en échange d'un moment de tendresse.

Avec les quarante *altoun*, elle aurait pu s'acheter un toit… Maintenant, elle était au bout du rouleau… Izak Bey allait la mettre aux cuisines, et même vite. En espérant qu'elle ne se fasse pas attraper d'ici là… Et Sami qui allait mourir… Et Elie… Qu'est-ce qu'il allait devenir, Elie ? Il ne savait rien faire ! Izak Bey le jetterait à la rue, c'était sûr. Il aurait fallu qu'il apprenne un métier. Vendeur d'esclaves, commerçant, prêteur, n'importe quoi, mais un vrai métier. Dessiner, ce n'était pas un métier.

Apprendre aux filles à se tenir compagnie, ça, c'était un vrai métier ! Elle en avait placé, des filles ! Deux cents, peut-être même deux cent cinquante ! Des filles qu'elle retournait voir, et même souvent, histoire de garder le contact avec les harems… De savoir qui aimait quoi, dans les grandes maisons… Un vrai métier !

Mais personne ne gagnait sa vie en dessinant ! Surtout pas un juif ! Il aurait dû comprendre ça, Petit Rat ! Avec son intelligence… Mais non ! Le dessin, le dessin, il n'avait que ça en tête ! Et ces sornettes à propos de la calligraphie qui l'aidait à respirer…

Arsinée lui posait toujours la même question : "Est-ce que le Coran a jamais aidé quelqu'un à respirer ?" Enfin… La réalité, c'était que Sami allait mourir, qu'elle finirait aux cuisines, et qu'Elie serait jeté à la rue.

Il aurait fallu qu'elle se trouve une autre maison… Même si on ne lui offrait qu'un croûton de pain… Elle n'avait jamais été paresseuse ! Quand elle était jeune et que les concubines se l'arrachaient, elle était toujours là ! Pour un travail de couture, un bain, un massage… Maintenant, elle était prête à tout : cuisiner, faire la vaisselle, nettoyer, tout !

Le problème, c'est qu'elle n'avait plus la force.

Elle repensa à Elie… Chaque fois qu'elle le regardait faire le portrait d'une fille, elle était troublée. On aurait dit qu'il y avait dans l'air quelque chose d'irréel… Comme si un ange guidait sa main… Ce n'était pas un enfant comme les autres, ça non… Quel âge avait-il lorsqu'il lui avait demandé de lui téter le sein ? Quatre ans ? Cinq ans ? Un soir qu'elle enseignait à une fille comment mordiller une pointe, il était entré dans sa chambre. "File d'ici !" lui avait-elle lancé en relevant à peine la tête.

Il n'avait pas bougé. C'était sa façon de faire, à Petit Rat. Il restait immobile, à ne rien dire, à regarder. Dans ces moments, on aurait pensé qu'il transperçait les secrets des gens, tant son regard était intense.

Arsinée avait remis sa brassière, s'était levée et l'avait sorti de la chambre en le tirant par le bras. Le lendemain, après le repas du soir, il s'était approché d'elle :

— Moi aussi je veux manger tes nénés.

Elle avait senti son cœur bondir. A nouveau, il avait soutenu son regard :

— Moi aussi je veux manger tes nénés.

Elle avait fini par se ressaisir.

— Viens, avait-elle soufflé.

Il l'avait suivie avec calme. Elle s'était étendue
sur le lit, avait libéré son sein gauche et pris Elie
contre elle. Il l'avait tétée durant près d'une minute.
Après quoi elle avait remis son sein en place et lui
avait demandé, un chat dans la gorge :

— Tu es content ?

Il l'avait regardée dans les yeux sans répondre.
Puis il était parti.

Combien de fois était-il retourné la téter ? Une
dizaine au plus. Elle s'étendait, dégageait un sein,
Elie se couchait près d'elle et la tétait durant quelques
instants. Après quoi il repartait sans dire un mot.

Maintenant, c'étaient ses jambes qui la préoc-
cupaient, pas ses seins… Devant elle, Sami s'était
à nouveau arrêté pour uriner. Elle se dit que bientôt
il serait mort et qu'elle se retrouverait aux cuisines.

VIII

Selon son habitude, Elie remonta la rue des Marchands-d'Or aussi lentement que possible. Il l'appelait la rue des Visages-Immobiles, tant ses commerçants ressemblaient à des oiseaux de proie. A l'affût, impénétrables, souverains… Attentifs à la moindre émotion qui pourrait apparaître sur le visage de leur client.

— *Prezzo pazzo ! Prezzo pazzo** !*

C'était un marin dont Elie avait fait le portrait deux jours plus tôt, à la taverne. L'homme était en conversation animée devant une boutique. Le commerçant approuvait en souriant tout ce que disait le marin, et Elie se dit que le marché serait conclu dans les trois minutes, tant le vendeur semblait sûr de son fait.

Le marin lui avait dit qu'il était de Zena****. A la taverne, la plupart des marins venaient d'une ville qui avait pour nom Venetsia. Ceux-là, lorsqu'il leur remettait leur portrait, se lançaient tous dans des commentaires animés où revenaient sans cesse deux mots : *bravissimo* et *bottega*.

Elie avait fini par comprendre qu'à Venetsia, des enfants de son âge travaillaient dans des ateliers

---

* "Prix fou."
** Gênes (en dialecte génois).

appelés boutiques, et qu'ils y apprenaient tout ce qui touchait au métier de peintre.

Pourquoi n'était-il pas né à Venetsia ?

Perdu dans ses pensées, il remonta la Divan Djaddesi* sans prêter attention au tintamarre des *eskidji*, des *soudjou* ou des *iskemledji*** qui criaient le nom de leur métier pour annoncer leur passage.

A la taverne, la table de cuisine était couverte des *tepsis*** qu'avait préparés Sofia, surtout des choux farcis à la viande et des feuilles de vigne farcies au riz et aux pignons. Elie n'y prêta pas attention et se dirigea vers le garde-manger d'où il retira une mine de plomb ainsi qu'une mince liasse de feuillets beiges.

Il s'assit à la longue table, poussa avec précaution les plateaux de mets cuisinés, plaça la petite liasse devant lui et ferma les yeux.

La scène du matin lui revint en mémoire avec précision. Lorsque Roza s'était retrouvée seins nus, ses traits s'étaient relâchés d'un coup. Elle avait croisé les bras sur la poitrine, et, les yeux baissés, elle était demeurée figée dans une expression de douleur.

Il resta quelques instants dans son souvenir, puis ouvrit les yeux et traça l'ovale de la tête, d'une main très sûre et d'un seul trait, comme s'il calligraphiait une volute. Il donna aux joues leur arrondi exact, rendit l'amertume de Roza en marquant le relâchement de la lèvre inférieure, et approfondit le noir du regard par un hachuré de plomb sur les paupières.

* L'avenue du Divan
** Vendeurs de vieilleries ; d'eau ; de chaises.
*** Grands plats en étain ou en cuivre.

Il dessina ainsi durant un quart d'heure, très vite, observa le résultat et eut un sentiment de dépit. Avec de la couleur, le portrait aurait eu une tout autre allure.

IX

Arsinée l'accueillit avec un "D'où viens-tu ?" qui en disait long.

Sans attendre de réponse, elle se lança dans une succession de menaces : Ses encres et son crayon, elle allait les jeter à la mer ! Quant à son Djelal Baba, ce *baba* de rien du tout, elle allait lui dire deux mots, par saint Grégoire ! Et son église Saint-Sauveur, il pouvait l'oublier, et même oublier jusqu'à son existence !

— Je suis arménienne, Sofia est orthodoxe et Djelal Bey est musulman. Chacun reste chez soi ! Il n'y a que toi pour vouloir te mélanger aux autres ! Tu devrais avoir honte !

Elle secoua la tête avec dédain :

— Ton père est au lit ! Il souffre ! Et toi, pendant ce temps, tu vas traîner… Allez, il t'attend !

Il n'en pouvait plus, d'Arsinée. Une grosse vieille qui changeait d'avis sans cesse, voilà ce qu'elle était. Et méchante, en plus ! Ou alors elle était gentille, puis tout à coup elle devenait méchante, et, à la fin, c'était comme si elle n'avait jamais été gentille. Certains jours, elle lui lançait : "Tu as encore été dessiner à la taverne ! Tu n'as pas honte !" Mais d'autres jours, c'était : "Allez, montre ! Mais montre vite !" et, une fois le dessin en mains, elle secouait la tête de gauche à droite, comme une cloche…

"*Mash'allah** ! C'est ma-gni-fique ! Vraiment ma-gni-fique !"

Lorsqu'il lui demandait de lui parler de sa mère, c'était aussi selon son humeur. Certaines fois, elle le rabrouait :

— Ta mère était la plus belle femme au monde ! Voilà ! Et maintenant, fiche-moi la paix !

D'autres fois, elle se perdait dans des descriptions sans fin :

— Que veux-tu que je te dise, mon Elie ? Des yeux verts… immenses ! *Vallahi billahi* immenses… Un nez long, mais si fin, si délicat… Un nez de reine ! Et sa bouche… Un fruit rouge, mon Elie ! Un fruit du paradis ! Et ses cheveux ! De l'or fin, mon Elie, de-l'or-fin ! Et toujours gracieuse ! Toujours toujours toujours… Quoi qu'elle mette sur elle, la pauvre ! Et comme elle marchait… Une reine, je te dis !

Elle faisait alors de la main un geste de négation, plusieurs fois, comme pour dire : "Tu ne peux pas t'imaginer !"

Deux jours plus tôt, au moment où ils arrivaient au Han, Elie lui avait demandé :

— Comment était ton visage, lorsque tu étais jeune ?

— Mon visage, tu dis ? Mon visage ? Tu sais combien j'étais jolie ?

Elle s'était alors lancée dans une description volubile d'elle-même, en joignant pour chaque trait le geste à la parole :

— Mes joues étaient comme ça… (Elle les avait étirées.) Et mon cou, Elie… Un cou de cygne ! Et mes yeux… Deux amandes vertes, je te dis !

Au retour, il avait fait d'elle un portrait en jeune fille. Le soir même, elle l'avait découvert, les yeux ébahis. Durant plusieurs secondes, elle était restée silencieuse. Puis elle avait éclaté en sanglots.

---

* "Par la grâce de Dieu".

X

Une fois encore, Sami se répéta les premiers mots du feuillet qu'il tenait entre les mains. C'était un parchemin de couleur ivoire, très froissé, entièrement couvert d'un texte en hébreu qui commençait ainsi :

AFIN QUE LES NATIONS SACHENT

Les juifs devaient accepter le malheur qui s'était abattu sur eux, disait l'auteur. L'accepter et le traverser...

... pour qu'il soit proclamé dans le monde entier que ceux qui se consacrent au culte de Dieu reçoivent leur nourriture d'une manière inattendue.

Un jour le soleil brûlera à nouveau, disait Maïmonide. Mais, jusque-là, chaque juif devait endurer.

Sami ferma les yeux.

Endurer... Il ne connaissait que cela. Endurer la pauvreté, la maladie et la honte... Surtout la honte... Vendeur d'esclaves... Un travail que les Turcs réservaient aux juifs, comme on jette les restes du repas aux cochons... Et son fils qui le déshonorait aux yeux de tous...

Il soupira. Comment pouvait-il estimer un père à qui les gens s'adressaient comme à un chien ?

Avec le temps, Sami avait fini par prendre l'habitude de baisser la tête avant même que ne vienne l'insulte. Son fils n'était pas mauvais. Il était lucide, voilà tout. Il voyait son père tel qu'il était. Un être servile qui vivait dans la saleté… Malade des urines. Malade de honte. Malade de tout.

Trente ans plus tôt à Grenade, un samedi matin, le père de Sami se trouvait à la synagogue pour le culte du sabbat. Des soldats espagnols étaient venus la mettre à sac et capturer ceux qu'ils pouvaient capturer. Ils les emmenaient au bûcher, directement. Le père de Sami avait réussi à se cacher dans une armoire de l'économat. Lorsqu'il en était sorti à la fin du sabbat, les livres de la bibliothèque étaient en lambeaux. Il avait ramassé un feuillet, au hasard, et l'avait gardé, comme on conserve une relique.

Six mois plus tard, à Constantinople, il avait osé le montrer au rabbin. Celui-ci avait jeté au texte un coup d'œil rapide, puis avait saisi un volume sur l'un des rayons de sa bibliothèque :

— C'est ici. *Le Guide des égarés*. Troisième partie. Chapitre XXIV, deuxième paragraphe. Maïmonide l'a intitulé "Le vrai sens des épreuves".

Sami avait hérité du feuillet à la mort de son père et le lisait chaque matin et chaque soir. A voix haute.

Afin que les nations sachent…

Qu'elles sachent quoi ? Que son enfant violait la Loi de manière effrontée ?

Il soupira à nouveau et ouvrit les yeux. Elie était devant lui, le visage impassible.

Le regard de son fils lui arrivait chaque fois comme un coup de poignard. Pourquoi n'avait-il pas un fils comme tous les fils ? Un garçon qui respecte son père ? Qui se dise : mon père fait ce qu'il peut ? Mais non… Il avait un fils qui d'un seul regard lui arrachait toute estime de soi. Un fils ingrat. Car s'il en était là, c'était parce que sa femme était morte… Et pourquoi était-elle morte ? Pour mettre au monde un enfant qui les trahissait, avec les chrétiens autant qu'avec les Turcs.

— Tu viens de chez Costa ?

Elie le regarda sans répondre.

— Tu as dessiné, c'est ça ? Et avant, tu étais chez Djelal ? Tu devrais avoir honte… Après ce que nous avons enduré… Nous nous sommes sacrifiés pour toi, ta mère et moi ! Pour que tu puisses vivre la tête haute. Pour que tu n'aies pas à porter le chapeau jaune dans un quartier maudit…

La conquête de Grenade, les persécutions, le ghetto, les nouveaux chrétiens… Elie n'en pouvait plus, de ces histoires.

— Pour rester fidèles à notre foi, reprit Sami, nous avons tout quitté. Nous nous sommes retrouvés là où le vent nous a menés. Ta mère s'est réfugiée à Livourne… Mes parents se sont retrouvés en Provence…

Six mois après son arrivée à Livourne, la famille de sa mère avait pris le chemin de Constantinople, où les juifs, disait-on, étaient protégés par le sultan.

"Accepte l'offre d'Izak Bey, lui avait dit sa femme. Tu trouveras un meilleur travail plus tard."

Avec elle, il l'aurait trouvé, l'autre travail… Elle l'aurait épaulé… Conseillé… Ensemble, ils auraient eu une vie plus digne…

Mais elle était morte et Sami était resté le subalterne méprisé d'un marchand d'esclaves. Un moins que rien qu'on hébergeait dans un réduit, comme une bête.

— Et mes parents… Tu ne sais pas quels malheurs ils ont vécus… Ils ont tout subi ! Et ils l'ont fait pour toi, même si tu n'étais pas encore né ! Ils ont marché jusqu'à Málaga… Trois semaines ! Pour toi ! Et tu les remercies avec des portraits et des calligraphies du Coran…

Il eut un spasme et pressa son bas-ventre durant quelques secondes. Puis il tendit la main en direction d'Elie :

— Aide-moi.

Le garçon tira sur la main jusqu'à ce que son père arrive à se lever du lit. Puis il alla chercher le pot.

Efthymios observait Elie avec incrédulité. Cela faisait vingt-huit ans qu'il avait été nommé pope à Saint-Sauveur. Il en avait vu défiler, des enfants. Par centaines. Mais un garçon comme Elie, jamais. Et c'était sans doute la dernière fois.

Assis dans l'abside à même le sol, Elie dessinait à une vitesse inouïe. Les yeux tantôt au plafond, tantôt sur sa feuille, il copiait la fresque du dôme, celle qui montre Jésus sauvant Adam et Eve des enfers. Il usait d'une plume d'oie qu'il trempait dans l'un ou l'autre des trois flacons qu'il avait devant lui, des sépias de tonalités différentes, ce qui lui permettait de donner au dessin du relief et de la profondeur. Il avait fabriqué les encres lui-même, à la taverne, avec le noir des seiches que Sofia cuisinait.

Chaque trait de plume était d'une sûreté absolue, et, malgré la simplicité des moyens qu'il avait à disposition, ses personnages prenaient corps avec force.

Efthymios se souvint.

Un dimanche après la messe, le garçon s'était retrouvé seul dans la nef. Quel âge avait-il ? Cinq ans ? Peut-être six. Sofia n'était pas avec lui. Quatre enfants, plus Elie, plus le travail de la taverne, cela faisait beaucoup. Elle avait dû quitter l'église en pensant qu'il était dans le lot…

Le garçon était né le lendemain du jour où elle avait accouché de Yanaki. La mère d'Elie était morte en couches et Sofia avait nourri le bébé. A Balat, les gens s'entraidaient. La maman d'Elie était une voisine et son père un malheureux qui n'avait pas de quoi manger. Alors Elie avait grandi au milieu de ses propres enfants. Il parlait le grec comme eux et, le dimanche, elle l'amenait à la messe.

Efthymios le voyait encore immobile au milieu de l'allée centrale, dos à l'autel, les yeux fixés sur la mosaïque du panneau d'entrée. Il semblait tétanisé.

— C'est la Dormition, lui avait dit Efthymios. La Vierge va monter au ciel et Jésus lui tend un nouveau-né, celui que tu vois dans les bras du Christ. C'est l'Esprit-Saint. Il veillera sur elle.

— C'est ma maman, avait dit Elie d'un ton calme en pointant l'index.

Efthymios avait souri :

— Si tu veux… La Sainte Vierge, c'est notre maman à tous…

— C'est ma maman, avait répété Elie. Arsinée m'a sorti de son ventre, ma maman lui a dit que j'étais un beau petit rat, et puis elle est montée au ciel.

Efthymios n'avait pas su quoi répondre et Elie lui avait demandé s'il pouvait dessiner sa mère qui montait au ciel. Alors Efthymios lui avait donné une plume d'oie et une feuille de papier, et Elie avait reproduit la scène de la Dormition sous ses yeux, à toute vitesse, sans une hésitation.

Le dessin manquait d'habileté, mais sa construction était saisissante. La disposition des personnages, les proportions, le mouvement d'ensemble, tout y était. La quantité de détails qu'avait reproduite Elie l'avait laissé incrédule. Ils étaient tous conformes à la mosaïque, à l'exception de l'Esprit-Saint. Elie avait représenté le nouveau-né avec une tête de petit rat, et Efthymios avait eu les yeux brouillés.

Une fois le dessin achevé, Elie l'avait tendu à Efthymios, et celui-ci s'était senti désemparé. Qui était cet enfant au regard si fort ? Il avait été sur le point de demander : "Qui es-tu ?" Mais il s'était ressaisi :

— Où as-tu appris à dessiner ?

— Je ne sais pas, avait répondu Elie.

Efthymios l'avait regardé avec une sorte d'inquiétude :

— Depuis quand ?

— Je ne sais pas.

Maintenant, Efthymios devait lui parler. Le convaincre. Lui dire que Jésus était juif. Comme lui. Et pauvre, comme lui. Que Lui aussi regardait les autres avec une attention extrême. Et que si le Seigneur avait voulu que Sofia le nourrisse de son lait, c'était pour qu'il soit chrétien, comme Jésus.

Et lui, Efthymios, son serviteur très humble, avait le devoir sacré de faire entrer Elie dans Sa maison. Alors il se décida :

— Ils ont commencé, à Sainte-Sophie.

— Je sais, répondit Elie avec calme,

— A Balat, nous sommes tranquilles. Pour l'instant… Tant qu'il n'y a pas de Turcs dans le quartier… Mais si demain ils viennent habiter ici, nous serons déplacés… D'un jour à l'autre… Comme un troupeau ! Grecs, juifs, Arméniens, ils nous chasseront tous. Ils nous mettront quelque part sur la route d'Andrinople, là où même les chèvres ne vont pas brouter… Cette église sera transformée en mosquée, ses fresques et ses mosaïques seront passées à la chaux, et tout sera éteint à jamais…

Il s'arrêta. Il ne savait plus quoi dire. Soudain, il lança :

— Tu es des nôtres, tu le sais ?

Elie le regarda sans comprendre.

— Tu as grandi au lait grec. Tu parles notre langue. Tu connais nos églises (il eut un soupir de dérision)… Tu les comprends mieux que personne… Et en plus, tu es juif, comme l'était Notre-Seigneur.

— Il était juif ? demanda Elie. Vous en êtes sûr ? S'il l'était, on n'aurait pas le droit de dessiner dans sa maison…

— Il était juif, mon Ilias*. Et ici, tu peux dessiner tant que tu veux. Si le Seigneur a voulu que tu viennes dans cette église, c'est parce qu'Il sait que tu es des nôtres.

Elie leva les yeux en direction du plafond et demanda :

— Qui a peint cette fresque ?

— Des moines, répondit le prêtre. Il y a très très longtemps. Des moines qui vivaient dans des couvents et passaient leur vie à peindre et à prier.

— Ça existe encore, des couvents ?

— Bien sûr, fit Efthymios. Ici à Balat, à Kadiköy, à Büyükada… Les Turcs n'aiment pas les moines, mais ils les laissent vivre en paix.

— Ces couvents… Ils prennent des enfants ?

— Ils en prennent, et beaucoup. Surtout des pauvres que leurs parents n'arrivent pas à nourrir.

— Et un juif ? reprit Elie. Il peut devenir moine et travailler au couvent, comme les autres ?

— Je te l'ai dit, fit Efthymios, Jésus était juif. Tous les moines du monde peuvent être juifs.

Elie hocha la tête, puis, après un silence, se leva et tendit son dessin à Efthymios :

— Je dois rentrer. Je finirai demain.

* Elie (en grec).

Sur le chemin du retour, il repensa à sa discussion avec le pope. Cette histoire de Jésus qui était juif, c'était impossible. Efthymios avait dû lui dire cela pour le mettre à l'aise. Les Espagnols n'auraient pas chassé les juifs si Jésus était juif.

XII

— Peut-être qu'un jour tu seras une favorite, ma Nina… Peut-être que tu finiras princesse…

Assise sur son lit, Arsinée caressait les cheveux de la petite Caucasienne qu'elle allait proposer à la vente le lendemain. La fille éclata en sanglots.

— Qu'est-ce que tu aurais fait de ta vie ? reprit Arsinée. Tu aurais ramassé du raisin jusqu'à ce que tu sois usée ! Tu aurais épousé un rustre ! Ils le sont tous, chez toi ! Demain, tu auras une servante pour toi toute seule ! Des habits… Des bijoux…

Arsinée racontait chaque fois les mêmes sornettes aux filles qui partaient. Mais que savait-elle de leur devenir ? Rien.

Deux semaines plus tôt, Roussiko, une Géorgienne d'à peine douze ans, devait être livrée à un médecin qui habitait Bebek, sur la rive nord du Bosphore. Le voyage s'était fait en barque, et pendant tout le trajet, la fille n'avait cessé de chanter des airs mélancoliques. "Dis-nous ce que tu chantes, ma Roussiko ! avait demandé Arsinée à plusieurs reprises. C'est tellement beau." La fille n'avait pas répondu. Mais au moment de débarquer, elle s'était jetée dans le Bosphore et ils l'avaient perdue.

Le destin des filles, c'était un coup de dés.

XIII

Les yeux clos, Sami chuchotait d'une voix hachée :

— Les convertis croient qu'ils sont sauvés… Mais un juif reste un juif… S'il l'oublie, un chrétien le lui rappellera très vite… Ils sont cruels, les chrétiens… Un caprice et ils débarquent dans nos maisons… Ils volent… Ils égorgent… Ils violent… Ceux qui restent fidèles à la Loi gardent au moins leur dignité…

Maintenant, pensa Elie, il va dire que le sacrifice est nécessaire.

— Tu sais ce que nous avons enduré, ta mère et moi, pour que tu puisses vivre libre ?

C'était la rengaine de son père. Elie avait devant lui une route digne grâce au sacrifice de ses parents. Et lui, pour les remercier, il les trahissait…

Sami s'arrêta, le temps de retrouver un peu de souffle :

— Rabbi Alberto veut te voir.

Nous y voilà, se dit Elie.

Le rabbin l'avait déjà grondé deux fois à propos du dessin. La première n'avait pas duré trois minutes. Il lui avait parlé sans s'énerver. La deuxième avait été plus longue. Le ton s'était durci. "Ne m'oblige pas à te punir !" avait lancé Rabbi Alberto. La troisième risquait d'être plus difficile.

— Tu iras demain matin, fit Sami.

XIV

— Je t'ai posé une question, laissa tomber le rabbin d'un ton las.

Elie détailla ses traits. Visage carré. Barbe broussailleuse, d'un roux tirant sur le noir. Nez épaté. Yeux vert-brun, ronds, sans cesse sur le qui-vive…

Rabbi Alberto eut un geste du menton :

— Tu me regardes comme si tu ne m'avais jamais vu. Alors que je dois te parler de choses graves… Tu sais que l'œuvre de l'Eternel est insaisissable ?

Elie continua de scruter le rabbin. Mains grasses. Doigts boudinés. Ongles sales. Deux bagues. Veste aux manches trop longues, si usée qu'elle brillait. Calotte de soie noire.

Il le dessinerait pour la pile, les yeux baissés, les traits relâchés. Un rabbin qui avait perdu courage.

C'était vrai. Elie lui échappait. Avec lui, Rabbi Alberto perdait ses moyens. Lorsqu'un autre enfant de la communauté désobéissait, il le grondait, le garçon rentrait dans le rang et Rabbi Alberto tirait une petite vanité de l'avoir ainsi remis en place. Tandis qu'avec Elie… Le garçon lui faisait perdre ses moyens. D'une certaine manière, il l'humiliait.

Rabbi Alberto s'efforça de parler avec calme :

— Chaque fois que nous avons violé notre Loi, le malheur s'est abattu sur nous !

Elie resta silencieux.

— Alors ? Que s'est-il passé ?

— Il y a eu des morts par milliers, fit Elie d'un ton impassible.

A nouveau, Rabbi Alberto soupira :

— Tu daignes me parler… Peux-tu me donner quelques exemples ?

Elie répondit d'une traite. Le veau d'or. Les filles de Moab. Au temps des Juges, la prosternation devant les Baalim et les Astaroth. Salomon qui servit Astarté, la déesse des Sidoniens, et Moloch, idole des Ammonites. Et Dieu qui décida de la division du royaume…

— C'est bien, c'est bien… La mémoire ne remplace pas le respect, mais c'est déjà ça… Et maintenant, peux-tu me dire pourquoi nous devons rester unis ?

— Nous sommes le peuple élu, fit Elie d'une voix blanche. Nous sommes à part.

— A part de qui ?

— A part de tous les autres.

— Il y a encore autre chose.

Elie resta coi.

— Je vais t'aider, reprit le rabbin. Nous sommes le peuple de… ? De… ? Je le répète à chaque leçon…

— De la Parole et du Livre.

— De la Parole ! tonna soudain le rabbin. Exactement ! *Shéma Israël adonaï eloheïnou adonaï ehad.* "Ecoute, mon peuple ! L'Eternel notre Dieu, l'Eternel est Un." Notre lien à Dieu, c'est la Parole ! Pas le dessin ! Pas les images ! Pas les sens ! Le Texte !

Elie réprima un sourire. Il aurait aimé demander au rabbin : "Vous savez quel est le premier mot du Coran, monsieur le rabbin ? C'est *Iqra*. Ça veut dire : Lis…" Il se serait étranglé de rage, Rabbi Alberto…

— Dessins, peintures, sculptures… Des œuvres de païens ! hurla le rabbin.

Maintenant, il avait retrouvé toute sa vigueur :

— Elles ne peuvent qu'attirer la colère divine ! Traduis après moi : *â ven.*

— Néant, fit Elie.

— Oui ! *Gillulim.*

— Immondices.

— Oui ! *Hevel.*

— Vanité.

— *Kezavim.*

— Mensonge.

— *To-evâh.*

— Abomination.

— Oui ! Oui ! Et oui ! Et tu le sais, n'est-ce pas, que ces mots signifient tous la même chose ? Tu le sais ?

Elie hocha la tête.

— Alors dis-le, ce mot ! Idole ! Immodestie ! Néant ! Immondices ! Vanité ! Mensonge ! Voilà ce qu'ils signifient !

Il y eut un silence. Rabbi Alberto ne savait plus quoi dire. Cet enfant trahissait les siens alors qu'ils étaient à terre.

— Je peux partir ? demanda Elie.

— Vas-y ! murmura le rabbin.

Il était épuisé.

Mais comment en rester là ? Alors, au moment où Elie franchit le seuil, il lança sans conviction :

— Reviens demain.

XV

— Vous aurez une vie de reines ! s'exclama Arsinée. De reines ! Büyük Ali a l'une des plus belles maisons !

L'avant-veille, le secrétaire du *nishandji** avait informé Izak Bey que son patron voulait offrir un cadeau somptueux à Büyük Ali, le vizir en charge des chantiers navals. "Viens avec deux filles", avait dit le secrétaire.

Arsinée avait choisi deux sœurs, Bella et Natalia, la première âgée d'à peine treize ans, l'autre de quinze.

Les sœurs étaient ravissantes, et tout permettait d'espérer une double vente. Mais avec leur manie de pleurer l'une dans les bras de l'autre… Le *nishandji* allait avoir peur d'offrir deux tristesses en guise de cadeau… Ces deux-là, se disait Arsinée depuis des semaines, elles ne m'amèneront rien de bon… Déjà qu'Izak Bey lui avait mis sur le dos la mort de Roussiko… Si la vente des sœurs échouait, elle se retrouverait dans les cuisines… Et vite…

— L'intendante vous demandera de danser ensemble, fit Arsinée. Vous le ferez avec le sourire !

Elle laissa passer un silence, puis ajouta :

— Si vous voulez qu'on vous achète toutes les deux…

* Chancelier.

L'enlèvement des sœurs avait été d'une violence inouïe. Un jour de septembre, au petit matin, quatre marins les avaient arrachées de la couche qu'elles partageaient avec leur mère. Pendant qu'ils les traînaient hors de leur cabane, elles avaient entendu des hurlements et des bruits de chute qui venaient de la pièce voisine, où dormaient leur père et leurs trois frères. Est-ce que l'un d'eux avait été blessé ? Tué ? Tous, peut-être ? Comment savoir ?

Elles s'étaient retrouvées chez Izak Bey sans comprendre ce qui leur arrivait. Durant des semaines, elles avaient sangloté comme on sanglote dans le grand malheur, lorsqu'on ne sait même plus si l'on sanglote ou non. Avec le temps, elles s'étaient calmées, bien sûr. Mais le gouffre allait s'ouvrir à nouveau. Que serait leur vie, si elles étaient séparées ? Et si l'intendante les refusait toutes les deux ? Izak Bey les vendrait comme filles de cuisine, elles avaient entendu la menace cent fois dans la bouche d'Arsinée : "N'apprends rien et tu iras suer dans les sous-sols !"

— Me voilà, fit Sami, on peut y aller.

Il était en nage.

— On te trouvera un mulet, fit Arsinée.

Elle se tourna vers les deux sœurs. Les filles sanglotaient de tout leur corps, soudées l'une à l'autre.

Ces deux-là, se dit Arsinée, elles vont me porter la poisse.

XVI

Assis sur les marches qui menaient à l'abside, Efthymios n'arrivait pas à lever les yeux du dessin que lui avait laissé Elie. Cet enfant avait la grâce. Et lui, Efthymios, serviteur de l'Eglise, devait tout tenter pour qu'il entre dans la maison du Christ et en chasse les ténèbres. A Constantinople, les Grecs étaient tombés dans la fange. Avant, les seigneurs, c'étaient eux. Maintenant, ils tenaient des cabarets et leurs enfants chassaient le bakchich dans les ruelles du Bazar. Quant à lui, sa vie était faite de peur et de honte. Comment consoler autrui lorsqu'on est soi-même dans la tristesse ? Comment servir le Seigneur avec dignité lorsqu'on subit l'humiliation ? Sa seule espérance, c'était Elie.

Je suis venu pour accomplir et non pour abolir, avait dit le Christ. Il avait créé la Nouvelle Alliance sans jamais quitter l'Ancienne. Voilà ce que lui, Efthymios, devait dire à Elie. La religion chrétienne n'était rien d'autre que la religion juive plus quelque chose. Il n'aurait pas à renier ses racines. Et tous les couvents du monde lui seraient ouverts.

XVII

— Tu veux qu'on rentre ? demanda Arsinée.

Sami n'avait la force ni de parler ni de marcher. Et ils n'étaient qu'au début d'Ouzoun Tcharshi Djaddesi*...

— Je vais te chercher un mulet, fit Arsinée.

Pour trois aspres, un vendeur d'eau accepta que Sami monte sur son âne jusqu'à l'entrée du Bazar.

* L'avenue du Long-Bazar.

XVIII

Du matin au soir, le rabbin devait courir. Il y avait les cultes et les *brit-mila**, les mariages et les enterrements, les bar-mitsvah, et les pauvres et les malades, et tous ceux que le destin avait assommés… Le rabbin courait et courait.

— Ce qui nous tient unis, dit-il d'un ton las, c'est la Loi…

Il était épuisé. Il ouvrit l'un des livres posés sur la table :

— Lis de là à là. Deutéronome, chapitre V.

Elie lut sans hésiter :

— *Lo taassé lekha fèssèl vekhol temounah achèr bachamayim mimaal vaachèr baarètz mitahat.*

— C'est bien. Et maintenant traduis, fit le rabbin.

— Tu ne feras point d'image…

— Taillée, ajouta le rabbin. Continue.

— D'image taillée, ou d'image…

— De représentation…

— De représentation des choses du ciel et de la terre…

— Continue…

— Tu ne t'inclineras pas…

— Tu ne te prosterneras pas, corrigea le rabbin avec calme. Tu ne représenteras ni la figure d'un

* Circoncisions.

homme, ni celle d'une femme. Ni celle d'un animal sur terre. Ni celle d'un oiseau dans le ciel. Ni d'une bête qui rampe sur le sol. Ni d'un poisson qui vit dans les eaux. Rien ! Tu ne représenteras rien ni personne ! Voilà ce que dit la Loi.

Il approcha son regard de celui d'Elie et dit à voix basse :

— Si tu te prosternes, il n'y a plus de différence entre nous et les autres, tu comprends ? Il n'y a plus de nous. Il n'y a plus de peuple élu. Que dit notre Livre ? "Je suis l'Eternel, ton Dieu, un Dieu jaloux !" Et toi, tu représentes l'œuvre de Dieu comme si tu voulais l'embellir...

Soudain, il éclata :

— Si la Loi dit qu'il ne faut pas reproduire, c'est qu'il y a une raison ! Laquelle ?

— Pour nous préserver de l'idolâtrie... répondit Elie avec calme.

— Alors pourquoi tu ne la respectes pas ! hurla le rabbin. Tu copies le Coran ! Tu vas à leur église Saint-Sauveur ! Le soi-disant Saint-Sauveur ! Et tu n'as pas honte ?

Elie ne répondit pas.

— Alors ?

Elie regarda le rabbin dans les yeux :

— Et si celui dont je fais le portrait est heureux ?

— Ce sentiment sera fondé sur une imposture ! Une illusion ! Nous ne sommes pas comme les autres ! Nous sommes le peuple élu ! Chaque fois que tu dessines, tu trahis ton père et ta mère !

— Non ! hurla Elie. Non ! Vous mentez ! Pas ma mère ! Je ne trahis pas ma mère !

— Tu la trahis ! cria le rabbin. Tu finiras rejeté de tous !

Elie se leva d'un mouvement brusque, fit tomber sa chaise, et quitta la pièce en courant.

XIX

— Je te laisse ici, fit le vendeur d'eau à Sami.

Ils étaient arrivés à la porte des Fourreurs.

Sami ne bougea pas.

— Descends, lança le vendeur, tu es à deux pas !

Arsinée se fraya un chemin, dépassa le baudet et se retourna. Sami pleurait en silence.

— Sami ! Qu'est-ce que tu as ?

Il eut un geste du menton en direction de son bas-ventre.

Il avait uriné sur lui.

XX

Etendu sur les planches du galetas, Elie attendait
l'arrivée de Bella et Natalia. Mais il avait beau imaginer les deux filles nues, ses pensées retournaient
à sa discussion avec Efthymios.

Une question revenait sans cesse. Si son père mourait, est-ce qu'il pourrait aller dans un couvent ?

Lorsqu'il pensait à la mort de son père, la honte
l'envahissait. Mais elle refluait. Et quelques minutes
plus tard la question le hantait à nouveau.

Il se dit que, la prochaine fois, il aborderait avec
Efthymios des détails précis. Quels couvents avaient
les meilleurs peintres ? Est-ce que ceux-là accep-
taient des enfants juifs ? Est-ce qu'Efthymios pourrait
l'amener à l'un de ces couvents ?

Une voix le sortit de sa rêverie :

— Six Ethiopiens d'un coup !

Elle venait de la cour :

— Tous superbes ! Et pas vingt ans pour le plus vieux.

— Six ?

— D'un coup ! Un riche qui vient d'Italie.

— Le Vénitien !

— Tu le connais ?

— Il cherchait des *kapoudjous** noirs pour son
palais.

— Combien ?

* Portiers.

— Deux mille cinq cents piastres les six.

— Il fallait voir son valet se démener pour leur nourriture !

— Ils partent quand ?

— Demain matin. Sur l'*Arabella*.

— Regarde qui vient ! lança une voix.

— Sami ! *Como estas ?*

Elie entendit des pas sur la coursive. Puis le bruit de quelqu'un qui cherche son souffle.

— Assieds-toi.

C'était la voix d'Arsinée.

— Ça va ?

Encore Arsinée. Elle avait chuchoté.

Il n'y eut pas de réponse.

— Appuie-toi contre la porte.

Il imagina Arsinée qui aidait son père à caler son dos contre le battant de la porte.

Au même moment il y eut des échanges en turc, puis d'autres bruits de pas sur la coursive. Les gardes de l'intendante, se dit Elie.

— Que le jour te soit propice, Zübeyde Hanoum*, fit la voix de son père.

Un bruit sourd fit trembler tout le Han. Arsinée se mit à hurler :

— Sami ! Sami !

— Le type est malade, fit une voix d'homme.

— *Porta lo dentro*, cria quelqu'un.

Elie vit la porte s'ouvrir et son cœur cessa de battre. Deux gardes transportaient son père.

Ils l'étendirent à même le sol. Son *shalvar* était rouge vif.

— Saint Grégoire ! cria Arsinée.

Son père était immobile, la tête penchée sur le côté, les yeux fixes.

* "Mme Zübeyde".

— Reviens ! hurla Arsinée. Reviens !

L'un des gardes se pencha sur Sami, posa son oreille à hauteur de sa poitrine et regarda Arsinée :

— C'est terminé, grande sœur.

— Sami ! cria Arsinée. Sami !

Elie s'assit sur les planches et éclata en sanglots. Arsinée leva la tête vers le plafond :

— Elie !

— Qui est là-haut ? hurla l'un des gardes.

— Je vais l'attraper ! lança un autre.

— Sauve-toi, Petit Rat ! cria Arsinée.

XXI

Elie courut aussi vite qu'il put à travers les ruelles du Bazar, sortit par la porte des Fourreurs et dévala les ruelles qui menaient au front de mer.

— Elie, où vas-tu comme ça ? lança une voix.

Il continua de zigzaguer à toute allure entre les passants et les porteurs, chuta, se releva très vite et poursuivit sa course jusqu'à la Corne d'Or. Arrivé au bord de l'eau, il était à bout de souffle et se mit à pleurer.

Un attroupement se forma autour de lui :

— Qu'est-ce que tu as ? fit quelqu'un.

— Qu'on lui donne un verre d'eau, fit un autre.

Elie se dégagea et reprit sa course, cette fois-ci en direction de la jetée, en contrebas de la colline de Sultanahmet.

A mi-chemin, il prit conscience qu'il lui fallait deux aspres pour se rendre sur l'autre rive. Il rebroussa chemin et courut le long du front de mer jusqu'à la taverne, toujours très vite, se précipita à la cuisine et, les mains tremblantes, retira du garde-manger sa pierre noire, ses plumes et trois flacons de sépia. Il fourra le tout dans la poche de son *gömlek* et courut dans la salle, où un marin accepta qu'il lui fasse son portrait pour deux aspres. Il dessina à toute allure, empocha les deux aspres et s'apprêtait à filer lorsque Costa l'attrapa par le bras :

— Elie… Que se passe-t-il ?

Il embrassa Costa et quitta la taverne en courant.

— Troyanos, se répétait Elie. Ilias Troyanos.

Il sauta sur le premier caïque qui faisait la navette, paya son passage, et se tourna en direction d'Andrinople. A l'horizon, il devina la porte d'Eyir, où se trouvait le cimetière juif. Peut-être qu'on enterrait son père, à cet instant. On n'attendait pas pour enterrer, surtout dans les mois chauds.

Il se leva, regarda en direction de la porte d'Eyir, posa la main droite sur sa tête, en guise de calotte, et murmura :

It Kaddal veit Kaddash
Sheme rabbah

Que Son grand nom soit répandu et sanctifié

Il récita le Kaddish* jusqu'au bout, puis répéta les deux dernières strophes, selon le rite.

A Galata, il repéra l'*Arabella*. Le galion vivait dans l'agitation. Des marins, des portefaix et des commissionnaires se bousculaient sur le pont. Des lots de marchandise s'amoncelaient autour d'un petit escalier qui menait à la cale. Un homme criait des ordres. Elie s'approcha et lui dit en castillan :

— *Quiero venir con vosotros a Venetsia.* Je voudrais venir avec vous à Venetsia.

— *Non ho tempo*, cracha l'homme. *Via !*

Elie battit en retraite et se retrouva sur le quai. Le navire voisin avait la même bannière que l'*Arabella* et portait le nom de *Tizzone*.

Elie demanda *il capo* :

— *Quiero venir con vosotros a Venetsia.*

Le marin haussa les épaules d'un geste brusque et fit mine de s'éloigner. Elie posa vite la main sur son bras :

— *Prego. Carta*** !*

* La prière des morts.
** "Papier".

82

Le marin le regarda sans comprendre.

— *Carta ! Ritratto* !*

Elie mima le geste du dessinateur. Le marin le regarda avec curiosité et lui tourna le dos, mais sans le congédier. Quelques instants plus tard, il revint avec en main un papier froissé. Elie sortit sa pierre noire et en moins d'une minute fit de l'homme un portrait magnifique, très ressemblant sauf pour le regard, auquel il donna une expression plus farouche qu'elle n'était en réalité.

Le marin eut une moue de vanité :

— *Bene bene… Tuo nome ?*

— Ilias, fit Elie. Ilias. *Greco.*

Le marin sembla satisfait.

— *Nome di famiglia ?*

Elie le regarda dans les yeux :

— Troyanos.

C'était le nom de jeune fille de Sofia.

— *Ilias Troyanos ?* fit le marin.

— *Sì*, répondit Elie. Ilias Troyanos. *Greco.*

— *Tuoi affari ?* Tes affaires ?

Elie le regarda sans répondre.

Le marin l'observa avec attention durant quelques secondes, puis laissa tomber :

— *Va bene.*

* "Portrait".

II

VENISE

Août 1574

I

— *Quid petis ab Ecclesia Dei ?*
Que demandes-tu à l'Eglise de Dieu ?

Les mots d'Angelo Gandolfi roulèrent sous les coupoles de la basilique et lui revinrent en écho dans un vibrato interminable. *Quid* devint *quu-iid*, *petis* se transforma en *pee-tiis*, *ab Ecclesia Dei* s'étira à n'en plus finir, et ces traînées grandiloquentes ajoutèrent encore au ridicule de la cérémonie de baptême.

"Qu'est-ce que je fais dans cette ville ?" se demanda Gandolfi. Mais il savait ce qu'il y faisait… Si le pape l'avait nommé à Venise, c'était précisément parce qu'il n'avait rien à y faire. "Je veux un *paesano* !" lui avait dit Pie V deux ans plus tôt. Le pape était né pauvre, lui aussi. Comme Gandolfi, il avait grandi dans la dureté. A Venise, il voulait un nonce qui lui ressemble. Qui sache résister aux facilités. Déjà la Réforme avait dévoré la Toscane. Elle n'allait faire qu'une bouchée d'une ville qui s'était transformée en lupanar. "Il me faut un vrai nonce, avait dit le pape avec une colère maîtrisée, pas un petit marquis."

Gandolfi se tourna vers le parrain et la marraine, dans l'attente de leur réponse. *Fidem !* devaient-ils dire. La foi ! Mais ils étaient ailleurs… Leurs yeux sautillaient de rang en rang. Ils voulaient savoir ! Qui les regardait ? Et surtout, comment ? Avec admiration ? Bienveillance ? Envie ? Mépris ? Sans doute qu'ils voulaient aussi savoir qui ne les regardait pas…

Toute cette vanité crispa Gandolfi. D'un coup il sentit sa migraine revenir avec violence. A chaque pulsation, le sang lui compressait la cervelle si fort qu'il dut fermer les yeux. Lorsqu'il les rouvrit, quelques secondes plus tard, il vit que le parrain et la marraine le regardaient sans comprendre. Il leur souffla avec humeur :

— *Fidem !*

— *Fidem !* reprirent-ils en chœur.

— *Fides, quid tibi præstat ?*

Que te procure la foi ?

Sans attendre, il souffla à nouveau :

— *Vitam æternam.*

La vie éternelle.

— *Vitam æternam !* firent d'une seule voix le parrain et la marraine.

Maintenant eux aussi semblaient pressés. C'était parfait. Il accéléra le tempo :

— *Diliges Dominum Deum tuum ex toto corde tuo, et ex tota anima tua, et ex tota mente tua.*

Tu aimeras le Seigneur ton Dieu de tout ton cœur, de toute ton âme et de tout ton esprit.

A nouveau, il fut irrité par la réverbération de ses mots. Ce palais d'Orient n'était qu'un monument de vanité.

Il se tourna et son regard tomba sur le parrain. Un gredin de premier ordre, ce Cuneo. Mais un gredin ambitieux. Habile… Qui avait organisé la cérémonie comme un général dresse un plan de campagne. "Le Turquetto m'a demandé d'être le parrain de sa petite-fille, avait-il dit au doge, auriez-vous l'extrême bonté d'intervenir auprès du nonce pour qu'il lui donne le baptême ?" Cuneo connaissait les Vénitiens… Il savait que la présence du nonce ferait venir le doge, que celle du doge attirerait les nobles, et que ces derniers auraient les riches à leur traîne.

Le doge n'avait pas eu le choix. A Venise, c'étaient les confréries qui se chargeaient de la charité. Sant'Antonio, celle que dirigeait Cuneo, était à la fois la plus jeune et la plus puissante.

A son tour, le doge avait convaincu Gandolfi :

— Les riches…

Il avait eu une expression de fatalité :

— Que veux-tu, il faut les honorer… Ça t'embête, je le sais. Mais Cuneo compte, à Venise. Ce serait idiot de l'avoir contre nous… Et puis, il fait beaucoup pour nos pauvres, il faut l'admettre…

La manœuvre avait fonctionné à merveille et Saint-Marc était garni du plus beau monde.

Gandolfi balaya le presbytère des yeux. Le Turquetto était assis au premier rang, entre sa femme Stefania et sa fille Leonora. Jusqu'au matin du baptême, Gandolfi ne l'avait jamais rencontré. On lui avait dit que l'homme travaillait beaucoup, que c'était plutôt un rustre, et qu'il ne perdait rien à ne pas le connaître.

Malgré tout, il était curieux. A Venise, le Turquetto n'était ni aimé, ni détesté, on le voyait peu. Mais chacun s'accordait à dire que ses tableaux provoquaient des émotions choisies, qui donnaient envie de silence. Que de tous les peintres de la ville, il était le plus grand. Supérieur à Titien et au Véronais. Et qu'il était le seul à avoir réussi la fusion miraculeuse du *disegno* et du *colorito*, de la précision florentine et de la douceur vénitienne.

Car Venise peignait autre chose. Des seins, des cuisses et des ventres… De la chair. Les sujets sacrés étaient représentés avec talent, mais aussi avec malice, dans un flou qui visait à satisfaire les sens plus qu'à élever l'âme. Il fallait plaire.

Quelques minutes avant le début de la cérémonie, Gandolfi avait salué un homme petit, lourd, musclé, au nez très épais, brun de peau, et dont la tête faisait penser à celle d'un gros rat. Le Turquetto était resté silencieux, mais la force vitale qui émanait de sa personne avait impressionné Gandolfi.

A nouveau, il eut un élancement. La poudre qu'il avait prise le matin même n'agissait plus.

Dans des moments pareils, c'était comme si sa tête allait éclater. Il ferma les yeux, laissa passer la douleur et poursuivit :

— *Diliges proximum tuum sicut te ipsum.*

Aime ton prochain comme toi-même.

— Amen, firent Cuneo et Giovanna Ronchi.

Gandolfi se tourna vers Cuneo et vit qu'il souriait... Un sourire de prostitué... Pourtant, on ne pouvait pas dire qu'il cherchait à séduire. Non. Ce que voulait Cuneo, c'était être reconnu. Et il y arrivait, le voyou ! Par une intelligence hors norme.

Du reste, tout chez lui était hors norme : l'ambition, le goût du travail, l'argent accumulé, l'astuce, la vanité, le désir de revanche... Les forces et les faiblesses des hommes, il les avait toutes en lui.

A cet instant, Gandolfi remarqua que le sourire de Cuneo s'adressait à Riccardo Tisi, le *guardian grande** de San Rocco. La grande, la riche, la formidable confrérie de San Rocco... Désormais, ils étaient nombreux à la quitter pour rejoindre les rangs de Sant'Antonio. Cuneo les racolait sans vergogne. Surtout les très riches... Voilà maintenant qu'il narguait Tisi.

Décidément, se répéta Gandolfi, il n'aimait pas Venise. Cette ville incarnait l'humanité dans toute sa perversité. Il suffisait d'observer ses citoyens. Ils étaient pathétiques. Malades du désir de paraître. Sans cesse dans l'impatience d'une considération. D'où qu'elle vienne. Du doge, du nonce ou du dernier des

* Grand maître.

nobles, peu importe, pourvu qu'elle vienne, un regard, un geste, un sourire, un simple hochement de tête, n'importe quoi… "Mon Dieu, devaient-ils penser, faites qu'on me remarque."

Gandolfi se tourna sur sa gauche. Le doge trônait sur une estrade haute de trois marches. On aurait dit le pape à Saint-Pierre… Décidément, Venise se noyait dans le ridicule. Elle avait trop de tout. Trop d'or, trop de marbre, trop de soies, trop d'ambitions inassouvies. A Assise, les maisons étaient faites de bois ou de torchis. Mais les gens qui les habitaient étaient de vraies gens. Pas des courtisans cruels et vaniteux, dont le regard était sans cesse ailleurs, par-dessus l'épaule de la personne qu'ils avaient en face, à la recherche de quelqu'un qui soit plus important… Plus valorisant… Plus honorant… Les Vénitiens avaient les yeux fuyants. A Assise, les gens sentaient la bête. Mais ils étaient présents. Ils regardaient dans les yeux.

Au fond, la seule personne avec laquelle Gandolfi se sentait à l'aise, à Venise, c'était Gianni, son secrétaire. Les deux hommes se parlaient en dialecte des Abruzzes.

Il se tourna vers la fillette et du pouce signa son front et sa poitrine :

— *Accipe signum Crucis tam in fronte, quam in corde.*

Reçois le signe de la croix sur ton front et dans ton cœur.

Un jour cette enfant subirait l'envie. Elle connaîtrait la jalousie. Elle tomberait dans le mensonge. Elle pécherait, par concupiscence, ou par cruauté, ou par goût de la dissimulation. Tôt ou tard, elle aurait besoin de consolation. C'était à cela que servait l'Eglise. A consoler. Pas à prévenir le péché.

Maintenant c'était Tisi qui avait les yeux sur Cuneo, et son regard, à la fois intense et glacial, renvoya Gandolfi à une scène de son enfance.

Une fin d'après-midi, alors qu'il rabattait vers son troupeau un mouton qui faisait la forte tête, il avait entendu un frottement étrange, à la fois doux et précipité. Il s'était immobilisé tout entier, d'un coup. Puis, très lentement, il avait tourné la tête. A trois pas sur sa droite, deux serpents emmêlés luttaient au pied d'un rocher. Il avait reconnu une petite vipère par sa tête en triangle. Sur son museau arrondi, elle portait une tache noire.

Des vipères pareilles, il en voyait beaucoup. Elles étaient d'un naturel placide. L'autre serpent était une couleuvre immense et jaunâtre, qui s'était enroulée autour de la vipère. Elle approcha sa tête du petit museau et, d'un coup de mâchoires, le broya.

Tisi en viendrait à ça avec Cuneo. Ce dernier avait trop d'envies… Trop de goût pour la manœuvre… Trop de désir de revanche…

La fillette se mit à pleurer. Gandolfi posa la main sur sa tête :

— *Omnipotens sempiterne Deus, Pater Domini nostri Jesu Christi, omnem cæcitatem cordis ab ea expelle.*

Dieu tout-puissant et éternel, Père de Notre-Seigneur Jésus-Christ, brisez tous les liens par lesquels Satan la tenait attachée.

Du bout des doigts, il prit quelques grains de sel d'une boîte en pierre bleue posée sur le maître-autel et les mit du mieux qu'il put dans la bouche de l'enfant :

— *Accipe sal sapientiæ : propitiatio sit tibi in vitam æternam.*

Reçois le sel de la sagesse. Qu'il te purifie pour la vie éternelle.

L'enfant se mit à hurler.

— Amen, firent Cuneo et la marraine.

Les cris de l'enfant déclenchèrent une nouvelle série d'élancements. Gandolfi ferma les yeux et fit semblant de prier jusqu'à ce que les hurlements s'atténuent. Puis il prit son souffle, expira longuement et traça trois fois le signe de la croix sur le front de l'enfant :

— *Exorcizo te, immunde spiritus, in nomine Patris, et Filii, et Spiritus Sancti, ut exeas, et recedas ab hac famula Dei.*

Je t'exorcise, esprit impur, au nom du Père et du Fils et du Saint-Esprit, va-t'en, retire-toi de cette enfant de Dieu.

Il s'approcha de la marraine :

— *Francesca, abrenuntias Satanæ ?*

Francesca, renonces-tu à Satan ?

— *Abrenuntio.*

J'y renonce, répondirent Cuneo et la marraine.

— *Et omnibus pompis ejus ?*

Et à toutes ses pompes ?

— J'y renonce.

— Défaites-la, dit Gandolfi à la marraine.

Lorsque la fillette fut déshabillée, il trempa deux doigts dans un bol d'huile et lui donna l'onction, la signant sur la poitrine et entre les épaules :

— *Francesca, credis in Deum Patrem omnipotentem, Creatorum cœli et terræ ?*

Francesca, crois-tu en Dieu le Père tout-puissant, Créateur du ciel et de la terre ?

— *Credo*, firent les parrains.

— *Francesca, vis baptizari ?*

Francesca, veux-tu être baptisée ?

— *Volo*, répondirent Cuneo et la marraine.

Par trois fois, Gandolfi versa l'eau baptismale sur le front de l'enfant en suivant le signe de la croix, en même temps qu'il prononça ces mots :

— *Francesca, ego te baptizo, in nomine Patris et Filii et Spiritus Sancti.*

Francesca, je te baptise, au nom du Père, du Fils, et du Saint-Esprit.

II

Stefania ferma les yeux et soupira. Elle était épuisée. Il lui avait fallu faire attention à tant de choses... A tant de personnes... Et sourire... Sourire comme ceux qui sont toujours à l'aise.

— Tout s'est bien passé, lui dit Elie d'une voix douce. Ne te fais pas de souci.

— C'était un beau baptême, n'est-ce pas ?

— Très beau.

Son problème, c'était qu'elle ne comprenait pas ce qui se passait autour d'elle. Il fallait que Teresina lui explique. Sinon, elle ne savait jamais quoi penser. Ni quoi dire... Sauf pour les choses très simples, celles qui ont trait au ménage ou à la cuisine.

Maintenant, elle était épuisée.

— Tu devrais cesser d'avoir peur, fit Elie. Tout le monde était content.

C'était vrai. Le doge, le nonce, les nobles, les familles riches, ils étaient tous venus à Cà* Ronchi après la cérémonie.

— Et les mots du doge... reprit Stefania. Dis-les encore ! S'il te plaît !

Il les lui avait déjà répétés à trois reprises. Mais elle voulait qu'il la rassure. "Vous êtes le plus grand", avait glissé le doge à Elie. Il l'avait regardé, puis

---

* *Casa* en vénitien.

avait ajouté en souriant : "Eh oui ! A Venise, le plus grand peintre est un petit Turc !"

Le surnom lui avait été donné quarante-quatre ans plus tôt. L'intendant de l'atelier auquel il s'était présenté lui avait demandé d'où il venait.

— Je suis grec de Constantinople, avait répondu Elie.

L'intendant avait souri :

— Un *Turchetto**... Et tu parles espagnol ?

— Ma mère est morte à ma naissance. J'ai été élevé par nos voisins, des juifs d'Espagne.

L'intendant avait alors pointé du doigt un dessin de Madone :

— Tu m'en fais une copie. Plume ou mine ?

Elie avait choisi la mine de plomb. Elle offrait moins de possibilités, c'était donc une meilleure façon de montrer son talent. Il avait reproduit la Madone en moins de dix minutes. Au bas de son dessin, il avait signé : *Turquetto*.

Le regard de l'intendant était d'abord tombé sur la signature :

— Tu l'as écrit à l'espagnole ?

Elie l'avait regardé d'un air inquiet :

— C'est faux ?

A nouveau l'intendant avait souri :

— C'est très bien ! Garde ce surnom.

Après quoi il avait regardé la copie d'Elie en silence et avait pâli. Un garçon de cet âge qui dessinait comme ça, il n'en avait pas croisé un seul en trente ans. "Reste là", avait-il dit à Elie. Puis il était parti en courant chercher le maître.

Celui-ci avait à peine jeté un coup d'œil au dessin :

— Tu restes avec nous !

* "Petit Turc".

Elie lui avait baisé le dos de la main, à l'orientale. Au moment de rendre la feuille à l'intendant, le maître avait remarqué la signature :

— Turquetto… Pourquoi pas…

Il avait souri, lui aussi, et le sobriquet était resté.

Elie avait appris à récurer des brosses, fabriquer des enduits (de trente sortes au moins), broyer des cristaux (jusqu'à en obtenir le granulé juste), mélanger les poudres aux huiles et aux résines, et, pour chaque nuance, à obtenir les proportions parfaites, les couleurs et les transparences. Après deux ans d'atelier, il eut le droit de préparer les couches de fond. D'abord les simples, puis celles qu'il fallait appliquer en dégradé. Un an encore et il put travailler le fini des toiles. Il apprit à peindre des drapés, des dentelles et des visages, des chevelures et des nez, des bouches, des oreilles, et, pour finir, des mains, des gants et des regards. Un an plus tard, on le mit à reproduire certaines œuvres du maître dont on lui commandait des copies.

Durant ces six années d'atelier, il reçut pour son travail de quoi se nourrir, des habits usagés, et un gîte qu'il partageait avec d'autres garçons, au bord du rio Sant'Angelo, une pièce humide et à l'odeur pestilentielle, été comme hiver.

Il vécut ces duretés dans l'impatience, avec intensité. Il voulait tout comprendre, tout retenir. Maîtriser chaque détail. Faire comme le maître. Aussi bien que le maître. Et mieux que tous les autres.

A dix-huit ans, il fut reçu à la confrérie, et cela lui donna le droit d'ouvrir boutique.

Pour révéler son talent et son sérieux, il dut forcer le destin. Un soir de l'automne 1537, alors qu'il n'était qu'apprenti, Zuanne Cornèr, un grand de Venise, rendit visite au maître, dans son atelier de Biri Grande. Il était accompagné de ses fils, Alvise et Giorgio. Les garçons avaient l'air de jeunes prélats. Deux calculateurs aux aguets, s'était dit Elie en les voyant s'observer l'un l'autre et suivre du coin de l'œil leur père en conversation avec le maître. La discussion portait sur un retable que Zuanne avait commandé pour l'église Santa Maria dei Miracoli, un Christ sur la croix, dont Elie achevait de peindre les mains. L'échange entre les deux hommes avait duré une minute à peine, mais cela lui avait suffi pour graver dans sa mémoire les traits du père et ceux des deux garçons, la méfiance qu'ils se portaient et les peurs qui traversaient leurs regards.

Une heure plus tard, il choisissait un carton à l'atelier et courait au grenier du rio Sant'Angelo, où il gardait son matériel. Avant la tombée de la nuit, il avait fait de Zuanne et de ses fils un portrait de groupe saisissant, une combinaison de pierre noire, de plume et de fusain. Zuanne était représenté de trois quarts, assis sur un fauteuil, un bras posé sur l'accoudoir et le visage appuyé sur trois doigts de sa main gauche. Il regardait ses fils d'un air absent. Ces derniers semblaient dans la fuite, tant leur corps était en retrait. Elie avait dessiné les trois personnages avec précision, puis il avait ajouté, grâce au fusain, une profondeur qui révélait chacun. Le regard du père était celui d'un homme sans illusion. Quant aux fils, on aurait dit deux oiseaux de proie, méchants et apeurés.

Le dessin terminé, il avait couru à Cà Grande, le palais des Cornèr. Le majordome ne l'avait pas laissé entrer, et il s'était résigné à lui laisser le carton :

— De la part du Turquetto, avait-il dit. En hommage et en respect.

Il n'y avait eu aucune réaction de Zuanne Cornèr. Sans doute qu'un des fils avait vu le carton et l'avait détruit, par crainte que son père ne découvre ses sentiments.

Six semaines plus tard, Elie avait reçu l'ordre de livrer une *Adoration* à Grazio Bontempelli, un marchand de drap. Il était arrivé au moment où le maître de maison quittait son palais, et cet instant de face-à-face lui avait suffi pour garder en mémoire chaque détail de sa physionomie. Il avait ensuite couru à Biri Grande prendre un carton.

Le regard critique qu'il avait porté sur Zuanne et ses fils en les dessinant ne l'avait pas servi, et il décida de faire du marchand un portrait flatteur. Il le montra en guerrier romain. Bontempelli était grand et gros, et sa représentation en soldat lui allait bien. Le tableau, fait à la plume et à l'encre sépia, était délicat autant que Bontempelli était épais. Le soir même, il remettait son dessin.

— De la part du Turquetto, avec respect et grande estime, avait-il dit au garde du palais.

Durant quatre mois, il n'avait eu aucun écho. Puis un jour, Grazio Bontempelli était venu à l'atelier. Par chance le maître était absent, et Elie en avait profité pour se présenter. Lui avait-on jamais remis un dessin à la plume qui le représentait en guerrier romain ? Bontempelli avait hoché la tête, lentement, sans répondre. Puis il avait dévisagé Elie d'un air méfiant.

Un mois plus tard, il le faisait chercher :

— Tu as été reçu à la confrérie ?

Elie avait acquiescé.

Bontempelli voulait offrir un retable à l'église Santo Stefano. Il lui passa commande à un prix ridicule et avança cinq ducats pour l'achat de toiles, de pinceaux et de couleurs. Elie prit congé du maître le jour même. "C'est juste que tu partes", lui dit celui-ci. Elie engagea deux apprentis et loua une pièce dans un dépôt désaffecté du rio San Cassiano.

Pendant douze ans il gagna sa vie, plus par le travail que par la notoriété. Il ne connaissait pas le grand monde et n'avait pas le goût de se mettre en avant. Mais il peignait beaucoup et c'était l'essentiel. Le chemin parcouru depuis Balat lui semblait miraculeux, et il était satisfait des commandes qu'il recevait, même s'il ne s'agissait que d'œuvres modestes et presque toutes profanes, des portraits ou des allégories. Il les peignait en coloriste, à la manière du maître, et peut-être aussi bien que lui, mais sans vouloir s'en démarquer. Il était heureux, simplement heureux, d'avoir autant de toiles et de couleurs qu'il pouvait utiliser. Il peignait et peignait sans cesse, en artiste et en forçat.

Un jour pourtant, une commande, une simple commande, fit que tout dans sa vie bascula. Un notaire du nom d'Amedeo Ronchi le fit chercher pour peindre sa fille aînée, Stefania. Elle avait l'âge d'être mariée et son portrait devait être envoyé à des cousins de Rome.

La jeune fille était simple, comme on disait. Elle était en plus trapue, souffrait de strabisme, et lorsqu'elle s'était avancée pour prendre la pose, Elie remarqua qu'elle boitait.

Il décida de la représenter devant un muret de marbre, avec en fond un paysage de campagne, dans l'idée de lui donner un air romanesque. Ses cheveux, noirs et frisés, étaient peu fournis, et il avait dû en augmenter l'abondance. Ses yeux, d'un beau brun clair mais très petits, tombaient aux extrémités. Il les lui agrandit et les redressa. Il lui élargit aussi le visage, qu'elle avait trop étroit.

— Ne me donnez pas l'air stupide, avait dit Stefania au début de la première séance. S'il vous plaît.

Elle avait les larmes aux yeux.

Elie s'était mis au travail sans répondre.

Lorsqu'il eut terminé le portrait, il avait insisté pour le remettre à Ronchi en mains propres.

— Votre fille est une personne délicate, lui avait-il dit.

Ronchi l'avait fixé avec attention avant d'examiner le tableau. Puis il lui avait lancé :

— Tu es romain ?

— Grec.

— J'entends, de religion ? Catholique romain ?

— Chrétien d'Orient.

— Viens chez moi dimanche, après la messe, avait alors dit Ronchi.

Deux mois plus tard, Elie s'était converti à l'Eglise de Rome et avait épousé Stefania.

Ronchi lui ouvrit les portes des grandes institutions. Les confréries et les couvents lui passèrent des commandes d'œuvres sacrées. Elie n'aborda pas leur exécution dans la foi, qu'il ne possédait pas, mais dans le souvenir de Saint-Sauveur, de la peinture byzantine, de son dépouillement et de son mystère.

Un jour, il fit le voyage à Padoue et se rendit à la chapelle des Scrovegni, voir les fresques. La visite le bouleversa. La *Fuite en Egypte*, la *Pietà*, et la *Résurrection de Lazare*, surtout, le convainquirent que la vérité de son art se trouvait là, dans la prolongation de cette pensée, qu'il fallait peindre de manière à la fois tendre et nette, somptueuse mais fidèle au trait, comme la calligraphie de Djelal Baba. Ce qu'il avait appris du maître devait trouver sa place dans une peinture nouvelle, qui marierait la précision du dessin à la magnificence de la couleur.

Sa manière de peindre se transforma. Une obsession de netteté l'envahit et il commença chacune de ses toiles par une esquisse élaborée. Il retrouva les gestes de la calligraphie, et fabriqua tous ses vernis à partir de cristaux d'encens, de la même manière que Djelal les utilisait comme liant pour ses encres.

Peu après le voyage à Padoue, le curé de l'église San Francesco della Vigna lui rendit visite. Il voulait une *Adoration des Mages* pour la plus grande de leurs cinq chapelles. Les dimensions de la toile seraient de huit brasses de long sur quatre de haut*, ce qui en ferait la commande la plus importante qu'Elie eût jamais obtenue.

Le curé lui proposa trente-cinq ducats pour une *Adoration* à dix personnages… "et, si tu le veux bien, trois ou quatre encore. Nous n'avons pas l'argent pour plus. Si on vient chez toi, c'est que, parmi les bons, tu n'es pas le plus cher".

Pour la première fois, l'opportunité de peindre une œuvre sacrée de grandes dimensions lui était offerte, et il s'engagea dans ce travail avec fureur, sans compter ni sa peine ni son argent. Malgré le grand coût, il donna à la toile un fond d'or, sur lequel il peignit plus de trente personnages. Il usa de pastels sombres, de violets, de beaucoup de gris, de rouges orangés et de verts, toutes couleurs qui s'accordaient avec le fond d'or.

Le résultat fut prodigieux, et le tableau établit la réputation d'Elie. Il y avait désormais à Venise un peintre différent de tous les autres, qui alliait la spiritualité des anciens à la sensualité des meilleurs. L'*Adoration* de San Francesco della Vigna déclencha des commandes importantes, et, des mois durant, Elie peignit des œuvres sacrées marquées par le *disegno*.

Dans le même temps, la peinture du maître devenait sans cesse plus évanescente, et même vaporeuse. Lui se libérait de la précision, Elie le savait. On lui avait parlé d'un autoportrait dans lequel la main gauche du maître apparaissait si floue que les

---

* Une brasse valait deux pieds, soit 68 centimètres. Le tableau fera 15 mètres carrés.

ongles en étaient à peine esquissés. On lui avait dit, aussi, que tout dans ce tableau touchait, que le regard était bouleversant, et que jamais le maître n'avait réussi à créer une émotion si forte.

Cette distance qui grandissait entre sa façon nouvelle de peindre et celle du maître, qui allait dans un sens opposé, perturbait Elie. Etait-il dans l'erreur ? Ou même, dans la trahison ?

Alors un jour il se rendit à Biri Grande. Il n'y était pas retourné depuis douze années, ne reconnut personne, et resta debout à attendre le maître au milieu des fournisseurs et des quémandeurs, plus ému qu'à sa première visite à l'atelier, dix-huit années plus tôt.

Lorsque le maître l'aperçut, il lança, sans même le saluer :

— On t'a parlé de l'autoportrait, n'est-ce pas ?

Elie baissa les yeux.

— Suis-moi, fit le maître.

Ils traversèrent plusieurs pièces où Elie se souvint d'avoir travaillé. Tout à coup, le maître s'arrêta au milieu d'un couloir et le regarda avec intensité :

— Tu ne m'as pas oublié.

— Chaque seconde que j'ai vécue ici est dans mon cœur, répondit Elie. Et chaque mot que ta bouche a prononcé devant moi est gravé dans ma mémoire.

Le maître resta quelques secondes immobile, les yeux dans ceux d'Elie, puis reprit sa marche jusqu'à une porte fermée à clé. Elie se souvint qu'il s'agissait de son *studio*, là où le maître peignait. La pièce était grande mais n'avait pour seul ameublement qu'un lit, une table longue et maculée, recouverte de pinceaux et de flacons, un petit fauteuil de bois et un chevalet sur lequel était posée une toile haute de quatre pieds. Le tableau semblait achevé. Elie reconnut Francesco Donato, le doge.

Le maître l'avait peint dans tout son drame. Donato apparaissait frêle, les traits tirés, malade. Mais il avait dans le regard un désir désespéré d'honorer sa charge, d'être doge, de tenir son rang. Il était habillé d'une cape de soie rouge brodée de fil d'or, et avait la tête recouverte d'un bonnet fait du même tissu. Les doigts de sa main droite étaient dépliés, à l'horizontale, dans une position bienveillante, comme s'il s'apprêtait à donner la bénédiction. Sa main gauche, qui portait une bague d'or à l'annulaire, était recroquevillée sur elle-même et semblait agrippée à la cape. C'était une main épaisse, robuste, une main d'homme de peine, alors que la droite avait des doigts longs et si fins qu'on aurait pu les prendre pour ceux d'une femme. Entre le rendu de la cape, peinte à la pointe du pinceau à la façon d'une miniature, et celui des mains et du visage, pour lesquels il avait procédé par touches superposées, légères et vibrantes, qui créaient un effet de flou, le contraste était troublant.

— Ce qui compte, fit le maître, c'est ce que tu ressens devant le tableau. Rien d'autre n'a d'importance. Et surtout pas ce que pensent tes confrères de ton habileté, n'est-ce pas ?

Elie haussa les épaules. Le maître eut un sourire :

— Ne proteste pas. Nous sommes tous attentifs à l'opinion des meilleurs peintres. Disons que c'est notre façon de les honorer…

Il sourit à nouveau et pointa du doigt la main gauche du doge. C'était la partie la plus floue du tableau :

— Les émotions, ce sont des vagues qui te balaient sans que tu puisses comprendre ce qui t'arrive. La cape, je l'ai peinte au petit trait, avec une précision absolue, tu m'en donnes acte.

Il eut un geste de dérision :

— La cape, c'est beau, d'accord… Mais ce n'est pas la vie. Mais pour cette main, je me suis éloigné du précis. Que veux-tu… La condition humaine est ainsi faite. Elle hésite. Elle est dans l'angoisse. Dans la quête. J'essaie de peindre l'existence, vois-tu. L'existence…

Elie hocha la tête.

— Tu m'approuves, fit le maître en souriant, mais tu peins autrement, je le sais. Tu fais du *disegno*… J'ai vu ton *Adoration*, à San Francesco. Il faut que tu poursuives.

Elie ne répondit pas. Les yeux sur le tableau, il était submergé d'admiration. A travers la figure du doge, c'était la condition humaine tout entière qu'avait peinte le maître, dans toute sa fragilité, dans l'espoir de pouvoir surmonter la nécessité, un jour, demain ou plus tard, peu importe, mais un jour. Tout était si profondément humain dans ce regard d'homme malade qui luttait pour maintenir sa dignité, dans ces mains, dont l'une aurait pu appartenir à un joueur de viole et l'autre à un portefaix, qui rappelaient que l'homme ne pouvait être qu'insaisissable.

Le maître savait décrire les passions et les émotions comme personne. Il ne les apaisait pas. Il les exacerbait. C'était la peinture des passions faite par un homme capable de les dominer. La peinture d'un homme sans faille. Fort et sûr de lui. Le maître était une forteresse.

Elie cherchait autre chose. Une peinture qui accueille et rassure.

Il ferma les yeux et fit un calcul. Cela faisait vingt-quatre ans que la rencontre de Biri Grande avait eu lieu. Maintenant, il avait pour les confréries quatre commandes en cours, chacune de très grandes dimensions, et un atelier leur était dévolu sur la Giudecca, où il employait quatorze personnes. Des quatre toiles, la principale était une *Entrée du Christ dans Jérusalem*, destinée à la salle du conseil de San Rocco. Il avait demandé un bleu "œuf de grive" pour la toge du Christ et il était impatient d'en vérifier le rendu. Il se rendrait à la Giudecca le lendemain, et en profiterait pour faire avancer l'esquisse d'une *Crucifixion*. Le contrat stipulait que la toile devait avoir au moins trente-cinq personnages en plus des crucifiés, ainsi que quatre chevaux et un paysage riche d'arbres et de ruines. Le troisième tableau, une *Fuite en Egypte*, commandée par la Scuola Grande di San Teodoro, et le quatrième, un *Transport du Christ*, destiné à Santa Maria della Carità, étaient pratiquement achevés.

Les travaux destinés aux Scuole lui rapportaient à peine de quoi couvrir ses frais, vu ce qu'il fallait dépenser en couleurs, en toiles et en pinceaux. Mais refuser de telles commandes, c'était laisser la place à d'autres peintres. Les réputations s'établissaient dans les Scuole. Ces dernières en étaient conscientes et en profitaient, en payant peu.

Il fit ensuite le compte des œuvres sacrées qu'il avait en cours et arriva au chiffre de vingt-deux. Toutes se faisaient à l'atelier de San Polo. Elles laissaient du meilleur argent, entre quarante et soixante ducats pour une composition de moyennes dimensions.

L'atelier du rio San Cassiano, le premier qu'il avait ouvert, exécutait les commandes des privés. C'étaient pour la plupart des enrichis de fraîche date qui voulaient d'eux un portrait ou une allégorie flatteuse, sous les traits de tel ou tel saint. Elie fit le compte. L'atelier travaillait sur cinquante-six portraits et neuf allégories. Les privés étaient ceux qui déboursaient le plus.

Entre les Scuole, les églises et les privés, il avait quatre-vingt-onze toiles en cours, dont quatre occupaient à elles seules quatorze personnes… Personne à Venise ne peignait autant. Ni le maître, ni le Véronais, ni le Tintoret, ni les Bassano ou les Palma. Son succès dépassait l'entendement. Et chacun ne parlait que du talent de cet homme court de taille qui venait de Constantinople et peignait de façon divine.

— Nous sommes heureux, n'est-ce pas ? demanda Stefania.

Elle était inquiète.

— Bien sûr que nous sommes heureux.

Il la regarda. Ils avaient fait l'amour très peu, et toujours vite, elle dans la honte de son corps et lui avec le souci de cacher sa circoncision. Désormais, ils ne le faisaient plus. Mais ils s'aimaient profondément.

— Giovanna avait l'air contente, fit Stefania.

Il ne répondit pas. A quoi bon ? Sa sœur la méprisait.

— Cuneo m'a dit que tu allais peindre la plus belle *Cène* de tout Venise.

Trois semaines plus tôt, Cuneo lui avait rendu visite à San Cassiano. Au moment de partir, il avait ajouté :

— Je veux qu'à Venise on ne parle que d'elle.

Elie avait été chercher une *Vierge à l'Enfant* et la lui avait offerte.

— Il a beaucoup aimé le tableau que tu lui as donné, ajouta Stefania.

Elle avait parlé sans lever les yeux.

Il resta silencieux.

— La Madone, c'est cette Rachel ?

— C'est elle, répondit-il avec douceur. Elle pose très bien.

Stefania ouvrit la bouche, hésita et pour finir ne dit rien. Mais après quelques secondes elle n'y tint plus et lâcha d'une voix tendue :

— C'est elle qui pose pour ta *Déploration* ?

— Ne t'en fais pas, dit-il avec douceur. Tout va bien.

Il y eut un nouveau silence.

Il l'observa. Avec les ans, son visage avait pris de la rondeur et c'était comme si elle était moins laide.

III

— Nous ferez-vous l'honneur d'une visite à Sant'Antonio ?

Gandolfi venait de quitter Cà Ronchi, et, à la manière dont Cuneo surgit devant lui, il comprit qu'il le guettait.

Cuneo avait appuyé son invitation d'un sourire obligeant. Comme Gandolfi restait silencieux, il ajouta, un brin de nervosité dans la voix :

— Notre ami le Turquetto l'a déjà embellie à plus d'un endroit. Son *Adam et Eve chassés du paradis terrestre* est une merveille.

Gandolfi répondit qu'il lui rendrait visite avec plaisir, mais il le fit d'un ton réservé, et Cuneo prit congé très vite, conscient qu'il avait trop flatté.

Une crapule, se dit Gandolfi.

Cet homme le répugnait. Il n'aimait pas ses fréquentations et sa façon d'afficher ses succès. Quant à sa Scuola Grande, elle était devenue arrogante au point d'être insupportable.

Mais le voyou avait compris ce qu'il fallait offrir aux riches : une manière facile de se montrer chrétien. Facile et visible… A Venise, ceux de Sant'Antonio étaient remarqués. Dans les processions, dans l'accueil des indigents, aux grandes funérailles, on ne voyait qu'eux. Aux dernières Pâques, leur cortège faisait deux fois celui de San Giovanni Evangelista, trois fois celui de la Misericordia… Les *fadigenti* de Sant'Antonio, ceux qui avaient la charge des tâches les plus dures, qui levaient les corps des morts ou portaient les images et les reliques aux processions, même ceux-là étaient aussi souvent riches que pauvres. Cuneo était habile…

Malgré tout, sa vanité le perdra, se dit Gandolfi. Il ne verra pas venir le coup.

IV

Rachel s'approcha du miroir suspendu près de la porte, se mit de trois quarts et s'observa avec attention. Elle n'était pas seulement jolie. Elle avait de la distinction ! Elle aurait pu passer pour une aristocrate ! Son seul problème, c'étaient ses joues… Deux sacs de graisse, voilà ce qu'elle avait sur le visage ! En plus, à force de se mettre du rouge sur les pommettes, elle avait irrité sa peau… Pour le reste, il n'y avait rien à changer. Ses yeux, d'un vert très dense, remontaient vers les tempes, et cela donnait à son visage une sorte de petit air diabolique qu'elle aimait beaucoup. Sa bouche était parfaite. Ourlée… Très rouge… Par-faite ! Son nez était mince. Busqué, mais avec distinction ! D'ailleurs, il n'y avait pas que les juives à avoir un nez busqué ! Beaucoup de chrétiennes avaient le nez busqué ! Et tous n'étaient pas aussi fins que le sien !

Si ce n'est que les chrétiennes à nez busqué n'avaient pas à s'affubler d'un béret jaune…

Elle avait fait l'expérience cent fois, au coin d'une rue ou au détour d'un canal, à un moment où personne ne la voyait. Elle ôtait son béret, très vite, le cachait dans une poche, reprenait son chemin avec nonchalance, et soudain les gens la regardaient autrement.

Porter le bonnet jaune, c'était marcher en pleine rue avec un crachat au milieu du visage. Un gros crachat, qu'on n'avait pas le droit d'essuyer. Il n'échappait à personne, ce crachat. Pas un passant qui ne lui jetât un coup d'œil. Après quoi, il regardait ailleurs, très vite. Comme si poser les yeux sur le crachat, c'était déjà se salir.

Elle se mit de face, bougea les sourcils en petits mouvements provocateurs et laissa flotter un sourire affecté.

Puis son sourire disparut. Elle haussa les épaules, enfonça son bonnet tant qu'elle put et quitta sa chambre.

Elle n'aimait rien du ghetto. Ni sa vie monotone, ni l'obéissance que devaient les femmes, ni bien sûr les tâches dures et ternes qui étaient leur lot. Elle pensait peu à ses parents. Ils étaient morts lorsqu'elle avait sept ans et le souvenir de leurs visages s'était estompé complètement. Elle avait grandi dans une sorte de pension organisée par les voisins, quelques chambres où chacun apportait de quoi nourrir et vêtir les enfants qui étaient restés orphelins, après le passage de la peste. Cette sorte d'exil dans l'exil l'avait rendue solitaire, et même impudente. Elle se disait que sa mère aurait sans doute souhaité la voir mariée, mais voilà, elle était morte, et finalement cela ne faisait de la peine à personne qu'elle travaille comme modèle. En allant gagner sa vie chez les chrétiens, elle se mettait en marge des siens, elle le voyait bien. Mais elle s'accommodait des silences méprisants et acceptait par avance le sort qui l'attendrait lorsqu'elle serait trop vieille pour poser. Elle n'aurait d'autre choix que de travailler comme servante pour l'une des familles du ghetto. Mais en attendant, elle vivait une vraie vie, dans l'effervescence des ateliers, au milieu des tableaux et des odeurs de peinture.

Elle avait commencé à poser à l'âge de quinze ans, chez les Bassano. Un jour, sur l'indication d'un des *garzoni**, elle s'était présentée chez le Turquetto, à l'atelier de San Polo :

— On dit que vous cherchez un modèle pour une Vierge à l'Enfant.

— Tu sais poser ? lui avait demandé le chef d'atelier.

— Je travaille depuis deux ans pour maître Bassano.

— Ton nom ?

Elle avait baissé les yeux :

— Rachel.

— Celui de ta famille ?

— Albuquerque.

— Tu parles espagnol ?

Elle avait laissé sortir un oui inaudible.

Le bonnet jaune dépassait de sa poche. Mais elle était rousse, magnifique, une vraie Vénitienne. Le chef d'atelier l'avait amenée au *studio* d'Elie.

C'était la première fois qu'une juive se présentait à lui comme modèle, et il en ressentit de l'embarras. Il observa la fille en silence, se mit à lui chercher des défauts, et dut reconnaître qu'à part des joues un peu fortes et un nez légèrement busqué, elle était splendide.

Il l'engagea.

— Merci, maître, avait murmuré Rachel, les yeux baissés.

Elle avait ajouté :

— Je dois rentrer avant la nuit.

Il avait fermé les paupières en signe d'assentiment. Il connaissait les règles du ghetto. Même si durant quarante-trois ans il avait fui les juifs.

Il n'avait voulu ni leur parler, ni les frôler. Surtout, il n'avait pas voulu les écouter. Lorsque des

* Apprentis.

bribes de castillan lui parvenaient, il se bouchait les oreilles et pressait le pas. Chaque mot le faisait souffrir.

La présence de Rachel le renvoyait à Constantinople. Aux disputes avec Arsinée. A l'image de son père en train d'uriner. Ou aux ruelles de Balat, qu'il dévalait jusqu'au front de mer pour aller dessiner à la taverne. Il retrouvait ces souvenirs avec étonnement, et, au fil des séances de pose, son enfance lui paraissait plus harmonieuse qu'elle ne l'avait été vraiment.

Un jour, après la séance, il souffla à Rachel :

— Viens voir !

La surface de la toile avait été lissée au *gesso sottile**, et les détails les plus infimes ressortaient du tableau. La dentelle du voile, travaillée à la pointe du pinceau, semblait plus légère que nature. Le tombé du drapé et le rendu des mains étaient de pures merveilles. Le regard de la Vierge avait une douceur infinie.

Les yeux de Rachel s'embuèrent. Elle se tourna vers Elie, lui prit la main et l'embrassa :

— Merci, du fond du cœur.

Elle avait dit ces mots en espagnol, et soudain la crainte de se voir découvert lui avait procuré un sentiment étrange, fait d'angoisse et de soulagement.

Quelques jours plus tard, alors que Rachel regardait le tableau, elle avait laissé tomber, d'un air absent : *"Es muy hermoso."*

— Si ma Vierge est belle, c'est grâce à toi, avait répondu Elie en castillan.

Elle avait poussé un cri :

— *Sois de los nuestros ?* Tu es des nôtres ?

A nouveau elle avait eu les larmes aux yeux.

---

* Plâtre fin.

Il avait pris son visage entre les mains et l'avait embrassée, sans douceur.

Lorsqu'il l'avait pénétrée, d'un coup, elle avait eu un mouvement de retrait.

Après l'amour, il lui avait demandé :

— Première fois ?

Elle avait tourné la tête.

A vol d'oiseau, l'atelier de San Cassiano n'était pas éloigné du ghetto. Mais pour y accéder, il fallait contourner Cannaregio, passer le Rialto et remonter le rio San Cassiano jusqu'à la callè dei Morti. Cela prenait bien vingt minutes et chaque jour Rachel faisait le trajet avec une émotion grandissante, au fur et à mesure qu'elle approchait de l'atelier.

Elle aimait qu'Elie lui fasse l'amour. C'était toujours sans fioriture. Il la pénétrait, et elle s'accrochait de toutes ses forces à son corps râblé, comme s'il allait la sauver d'un malheur.

Lorsqu'elle se trouva à quelques pas de San Cassiano, elle s'arrêta sous une porte cochère et s'assura que personne ne la voyait. Puis elle ôta son béret, le fourra dans sa poche et fit le reste du trajet tête nue.

V

— Ça te va ! fit Teresina. Je t'assure !

— Mais regarde-moi ! protesta Stefania, prête à fondre en larmes. J'ai l'air d'un coq déplumé !

Sa gouvernante s'était appliquée à mettre ses cheveux en valeur, ou plutôt à en masquer la rareté. Elle avait ramené quelques maigres touffes au sommet de son crâne en une sorte de petit chignon frisotté, et le résultat était grotesque.

— Je te dis que ça te va ! reprit Teresina d'un ton sévère.

"Ta fille aura toujours besoin qu'on s'occupe d'elle", avait dit le médecin à Ronchi, lorsque Stefania avait deux ans. Il fallait lui masser la jambe courte. "Le mieux, avait ajouté le médecin à l'intention de Teresina, c'est que tu lui masses les deux jambes. Et du moment que tu y es, masse-la tout entière, ça ne peut pas lui faire de mal." L'habitude était restée, et Teresina avait pris une place essentielle dans la vie de Stefania.

Une dizaine d'années plus tôt, un jour qu'elle l'avait massée longuement, Stefania avait plongé dans la torpeur. Sans bien comprendre ce qui lui passait par la tête, elle avait chuchoté à Teresina :

— Tu me masses là où on doit se laver le plus ?

— Devant ou derrière ? avait demandé sa gouvernante après un silence.

Stefania n'avait pas répondu.

Depuis, lorsqu'elle disait : "Masse-moi bien", Teresina procurait à sa maîtresse l'un de ses rares plaisirs.

Ce matin pourtant, Stefania ne voulait pas de massage. Elle devait parler à sa fille et cette perspective l'angoissait. Sa fille la méprisait, elle le savait bien. Et puis il y avait Achille, son gendre, qui lui faisait peur. Et maintenant cette juive, que le mari peignait tout le temps...

C'était ainsi qu'elle appelait Elie. Le mari. Pas mon mari. Elle ne se sentait pas autorisée à parler d'un homme comme Elie en disant : mon.

Elle aurait voulu lui demander : "C'est un modèle parmi d'autres, n'est-ce pas ? Ce n'est pas un modèle spécial ?" Mais il suffisait qu'elle dise deux mots au mari, à propos de n'importe quoi, pour que le souffle lui manque.

Elle devait parler de cette juive à sa fille. Cela lui créait une angoisse épouvantable, mais il fallait qu'elle en parle. Sinon, ils finiraient comme les Boccadoro...

Elle chercha le regard de Teresina :

— Aujourd'hui ce sera difficile, n'est-ce pas ? Il me faudra du courage ?

— Tout ira bien, fit Teresina. C'est ta fille après tout.

Elle les avait entendus souvent, ces mots... Elle était bête, mais elle se rendait compte de certaines choses...

Elles quittèrent Cà Ronchi par la porte arrière. Leonora habitait un *palazzetto* que son grand-père avait fait édifier dans la cour pour y exposer les tableaux que la maison n'arrivait plus à contenir. Et puis il l'avait transformé en résidence.

Les yeux à terre, Stefania se lança :

— Cuneo a parlé d'une *Cène* à ton mari ?

— Ils ont convoqué papa pour lui confirmer la commande. Ce sera mercredi.

Stefania hocha la tête, prit son souffle, hésita, expira, puis finalement osa :

— A propos de Cuneo…

Elle expira à nouveau, déglutit, et ajouta :

— Ton père lui a donné une *Vierge à l'Enfant*…

Leonora haussa les épaules. Son père offrait souvent des toiles à ses commanditaires…

Sa mère resta silencieuse.

— Alors ? Qu'est-ce qui n'allait pas, dans cette toile ?

— C'est difficile à dire… fit Stefania.

— Parle, à la fin !

— Sois gentille avec ta mère ! intervint Teresina.

— C'est la même jeune femme qui est sur toutes les Vierges à l'Enfant. Une blonde aux yeux verts…

— Et ?

Elle l'ennuyait, sa mère. Et quelle idée de se faire coiffer d'une façon aussi ridicule !

— Alors ! reprit Leonora.

— Elle s'appelle Rachel. Tu sais, comme pour Boccadoro…

— Celui qui a été envoyé aux galères ? Quel rapport ?

Stefania ne savait plus quoi dire.

— On ne s'appelle pas Rachel si on n'est pas juive, tu ne crois pas ? fit Teresina.

Leonora devint blanche. Si son père entretenait une liaison avec une juive et que cela se savait, il serait déféré au tribunal du Saint-Office… La famille devrait quitter Venise dans l'humiliation… Achille perdrait toutes ses fonctions…

— Bien sûr, ton père voit beaucoup de modèles dans ses ateliers…

— J'ai compris, fit Leonora.

Elle regarda sa mère sans tendresse. On ne retient pas un mari avec une coiffure aussi ridicule. Surtout quand on n'a pas plus d'esprit qu'une poule.

— J'en parlerai à Achille, reprit Leonora. Et ce soir même, crois-moi !

VI

— Trente-sept voix pour le Turquetto.

La confrérie comptait dix-huit gouverneurs. Plus les six qui représentaient le gouvernement. Plus le vicaire, un secrétaire, deux syndics et douze doyens. Sans oublier Cuneo, son grand maître. Au total, quarante et un votants. La réunion du deuxième dimanche d'août était la plus importante de l'année, personne ou presque n'avait dû la manquer. Trente-sept voix, se dit Elie, c'est un plébiscite.

— Mes compliments, fit Cuneo. Mais il a quand même fallu te défendre…

Il était assis au centre de la longue table du conseil, dans le salon du premier étage. Le secrétaire, les deux syndics et les douze doyens étaient assis du même côté que lui. Elie se tenait devant eux, debout.

L'un des doyens susurra :

— Trente-sept voix sur quarante et une, c'est presque trop…

Il y eut quelques rires.

— Si à Venise on n'a pas d'ennemis, on n'est rien, dit le vicaire en souriant à Elie.

Cuneo jeta un coup d'œil au feuillet qu'il avait devant lui :

— Donc… Décision d'embellir le grand réfectoire de notre confrérie par une sainte Cène… Mandat donné à Ilias Troyanos, dit le Turquetto. Prix fixé à deux cent cinquante ducats, dont cinquante versés à la signature, pour l'achat de couleurs d'excellente qualité, de toiles, de pinceaux, plâtres fins et autres matériaux, tous de premier ordre. L'œuvre se distinguera par son inspiration spirituelle autant que par la qualité de son exécution.

Il s'interrompit et regarda Elie :

— Quelle que soit ton impatience à accepter la commande, Turquetto, nous devons d'abord te lire les éléments du contrat. Ecoute-les. A toi, vicaire.

— En 1550, reprit le vicaire avec emphase, Venise enfin réagit. Je devrais dire : certains citoyens de Venise réagirent aux excès de la Réforme et à ses perversions. Certains ! Parmi lesquels Venise eut la chance de compter un citoyen du nom de Filippo Cuneo – il se tourna en direction de Cuneo, inclina la tête et reprit : un homme qui, malgré son jeune âge, aida la ville à retrouver ses valeurs. Et si le Conseil des Dix a octroyé à une très jeune confrérie le rang de Scuola Grande, c'était bien parce qu'il y a vu une nécessité. Et si, depuis deux ans, les autres confréries voient leurs membres les déserter en faveur de Sant'Antonio, c'est parce que nous incarnons le salut d'une ville qui se perd (sa voix enfla) dans les plaisirs profanes. Car que voient les Vénitiens, où qu'ils posent les yeux ? Dans les rues, des courtisanes, qui par milliers étalent leurs chairs ! Une Eglise méprisée, moquée ! Ils voient des œuvres sacrées qui ne montrent que des cuisses et des seins, offerts sans retenue !

Le vicaire s'arrêta, regarda Elie, et poursuivit, sur un ton plus sobre.

— Il a fallu appeler saint Antoine à notre secours. Pour qu'il nous aide à retrouver ce que nous avons perdu de plus précieux : la pensée du Christ.

Le vicaire regarda Elie :

— Lorsque notre grand maître, âgé de pas encore vingt-huit ans, acheta le terrain du campo Santo

Stefano pour y bâtir notre confrérie, chacun à Venise comprit que, un jour, il serait l'un de ses grands. Ce jour est arrivé.

Cuneo laissa le vicaire poursuivre. Ce serait bien assez tôt de faire le modeste dans quelques minutes.

La construction de la Scuola n'avait pas duré quatre ans, reprit le vicaire, et c'était là une performance due au talent d'un seul homme. Cuneo était au chantier chaque jour, à houspiller les uns et les autres, à déceler une paroi mal crépie, une chaux mal épongée, ou une pierre bouchardée à la va-vite. Et lorsque le travail devait être refait, il savait ordonner. En conclusion, Cuneo avait accompli un miracle.

— Merci, mon cher vicaire, merci, intervint Cuneo. Tu es trop indulgent. Donne au Turquetto les conditions du contrat.

Le vicaire poursuivit :

— Tu devras rendre ton œuvre posée sur châssis et encadrée de dorures sur bois le 12 de juin dans l'année qui suit la prochaine, la veille de la fête de notre saint. Elle recouvrira le grand mur du réfectoire de bout en bout et d'un seul tenant, sur une longueur de vingt-six brasses* et un quart, et sur une hauteur de cinq brasses et trois quarts, cadre compris.

Elie savait qu'à Venise aucune des Cènes n'approchait ces dimensions. Il y avait bien celle du Véronais, mais ce n'était pas vraiment une Cène. Le peintre y avait représenté des chiots et des hallebardiers, et le tribunal du Saint-Office avait exigé que la toile soit modifiée. Finalement, le Véronais s'en était sorti par une pirouette. Le tableau s'appelait désormais *Le Repas chez Lévi*. Sinon, la plus

---

* Soit une surface d'environ 70 mètres carrés.

grande Cène était celle qu'avait peinte le maître pour l'église Saint-Jean-et-Saint-Paul. Mais elle faisait moins du quart de celle qu'on lui commandait.

— Tu ne montreras que le Christ et les douze apôtres, reprit le vicaire. Tu excluras tout personnage dont le propos ne serait que de divertir. Tu ne peindras pas d'envolées esthétiques. Ton œuvre devra atteindre la spiritualité la plus profonde, en accord avec le retour aux racines de notre sainte Eglise. Notre confrérie est la plus jeune, il faut donc qu'elle soit la plus fidèle à la pensée de nos Pères. Enfin, ajouta le vicaire, voici encore deux missions que tu auras à charge de mener. Ton œuvre dira la gloire de Venise, et tu surpasseras en beauté toutes les Cènes qui ont été peintes à ce jour.

Cuneo interrompit le vicaire d'un geste de la main :

— Pour tout dire, Turquetto, il faut que tout Venise nous admire. Mais il ne faut pas qu'elle nous envie trop (il rit). Disons : il faudra que de ton œuvre émane une émotion chrétienne si forte que la foi terrassera l'envie…

— Bravo, firent quelques voix.

— San Rocco nous maudira, c'est sûr, chuchota l'un des doyens. Mais après tout…

— Venise s'est transformée en lupanar, fit un autre, quelqu'un doit réagir.

Cuneo hocha la tête :

— Turquetto, n'oublie pas *Le Repas chez Lévi*… Honore-nous, et tu honoreras ton nom. Que ta *Cène* dise le vrai christianisme et chante la gloire de notre ville.

Il s'interrompit, jeta un coup d'œil de part et d'autre de la table, puis demanda d'une voix forte :

— Turquetto ! Acceptes-tu la tâche ?

— Je l'accepte, *guardian grande*, fit Elie. Avec gratitude.

VII

— Calme-toi, mon chaton ! fit Teresina,

Assise dans sa baignoire, Stefania n'arrêtait pas de pleurer. Achille allait envoyer le mari aux galères, elle en était sûre. Pourquoi avait-elle parlé à sa fille ? Et surtout, pourquoi le bon Dieu ne lui avait-il pas donné une vraie cervelle, comme à tout le monde ? A cause d'elle, le mari finirait sa vie à ramer jour et nuit.

Teresina la savonnait et lui parlait comme lorsqu'elle était petite et qu'elle venait d'apercevoir une souris ou un rat. Comme toutes les maisons de Venise, Cà Ronchi était infestée de rongeurs, et Stefania en avait très peur. Teresina lui disait alors qu'elle était un petit chat, et que c'était aux souris et aux rats d'avoir peur d'elle.

— Tout ira bien, mon chaton ! Et tu as bien fait de parler à ta fille. Lève les bras !

Stefania ne bougea pas.

— Cesse de sangloter ! reprit Teresina. Et lève les bras !

Stefania obéit.

— Très bien ! Et maintenant ? Qui est-ce qu'on va retrouver ?

Teresina la regarda en souriant, en levant les sourcils comme si elle lui préparait une surprise :

— Et où est-ce qu'elle va, la petite souris qui s'est déguisée en savon ? Elle va là et là et là et là…

C'était leur rituel. Teresina ponctuait ses mots de petits mouvements du savon qu'elle faisait glisser sous les aisselles de Stefania, et celle-ci, secouée par les chatouillements, riait, criait, baissait un bras, relevait l'autre, et ainsi de suite. Teresina recommençait, l'eau giclait par gros paquets hors de la baignoire, les deux femmes riaient tant qu'elles n'arrivaient plus à parler, et le jeu se poursuivait jusqu'à ce qu'elles fussent à bout de souffle.

Dès qu'elles se calmèrent, Teresina saisit la jambe courte, la sortit de l'eau et, des deux pouces, massa la plante du pied, longuement et avec vigueur. Après quoi elle remonta sur le mollet, très maigre et à peine perceptible sur l'os, puis le long de la cuisse. C'était une cuisse étrange, fine sur le genou, mais très grasse à l'aine. Teresina la lava avec soin, la reposa dans l'eau et recommença avec la jambe normale.

— Tu me laveras le derrière ? demanda Stefania.

— Bien sûr que je te laverai.

— Et le devant ?

— Partout, mon chaton. Redresse-toi.

Teresina lui savonna le ventre, puis l'entrejambe et le derrière, pendant que Stefania poussait de petits grognements de plaisir. Elle la rinça à grande eau à l'aide d'un baquet qu'elle vida sur Stefania en poussant un "Attention, cascade !". Stefania lança de petits cris de gorge, Teresina la savonna une fois encore, nettoya du doigt chaque pli intime et à nouveau la rinça :

— Voilà, tu es propre !

— Et en haut ? demanda Stefania. Tu n'oublies pas le haut ?

Teresina fit pivoter Stefania et la savonna des épaules jusqu'au haut des reins.

— Tourne-toi, chaton.

Stefania sourit. C'était le moment qu'elle attendait le plus.

Teresina étendit la mousse sur sa poitrine et Stefania se mit à chantonner :

> *Xe la storia d'un gran gato*
> *Che'l ga magnà un bel sorzeto*

C'est l'histoire d'un beau chat
Qu'a mangé un sacré rat
Et qu'est devenu si gros
Qu'on l'a pris pour un p'tit veau

Stefania chantait la comptine et Teresina ponctuait le rythme en lui pinçant les mamelons et en riant.

— Maintenant tu t'assieds.

— Encore une fois ! S'il te plaît ! implora Stefania, les yeux brûlants.

Elle resta debout et recommença la comptine. Teresina céda à son caprice, puis la regarda d'un air faussement sévère :

— Tu vois comme je suis mouillée ? Allez, assieds-toi !

Elle était en nage, baignée tout à la fois par l'eau de la baignoire, la vapeur qui embuait la pièce, et sa transpiration.

— Mmmmm… Maintenant c'est toi qui sens mauvais, fit Stefania d'un ton joyeux.

— Eh oui ! Ta Teresina doit aussi se laver, maintenant que tu es belle et propre ! Allez, assieds-toi !

— Comme ça nous irons dormir en sentant bon toutes les deux !

— Mais oui ! fit Teresina. Allez, assieds-toi !

Stefania émit un petit rire, s'assit, et d'un coup se remit à pleurer.

— Il va le dénoncer ! Je sais qu'il va le dénoncer !

— Achille a mille choses en tête ! Tu crois qu'il va se préoccuper d'une petite juive de rien du tout ?

— Le mari ne va pas mourir ?

— Mais non ! fit Teresina. Oublie tout ça ! Et lève-toi que je te sèche.

VIII

Un jour, après l'amour, Rachel lui demanda, l'air gêné :

— Pour toi, c'était quand ?

— Quoi donc ?

— La première fois.

Il lui embrassa le sein droit, d'abord sur le côté, puis sur l'aréole :

— Si tu veux tout savoir…

— Je veux, fit Rachel.

Durant quarante-trois ans, il ne s'était ouvert à personne. Ni de Balat, d'Arsinée ou de Djelal, ni du Han. Il n'avait jamais évoqué la mort de son père. Il n'avait pas, une fois, une seule fois, ri de bon cœur, en se laissant aller, sans penser à masquer une émotion, sans craindre de laisser échapper un mot ou un nom qui aurait pu le trahir. Il avait fait l'amour de façon toujours furtive, dans le noir. Il ne s'était dévoilé devant aucune femme. Il avait vécu sans jamais pouvoir s'abandonner.

Alors il raconta les seins d'Arsinée.

Elle éclata en sanglots, se ressaisit, et très vite voulut à nouveau faire l'amour, tout de suite.

Après, il lui raconta le reste. Les Géorgiennes et le galetas au plancher troué, les coursives du premier étage et les salles du rez-de-chaussée où l'on vendait les hommes. Il lui parla de Djelal Baba et comment il avait appris à confectionner une encre avant de savoir faire une couleur, comment il avait tracé une volute au calame avant même d'avoir touché à un pinceau. Il lui décrivit Zeytine Mehmet qui savait tout ce qui se passait au Bazar et devinait le reste. Il lui raconta sa mère qui l'avait appelé *kütchük fâré muy lindo*, joli petit rat, et qu'après elle était morte. Il lui parla de son père et de ce qu'il devait faire pour gagner sa vie, de quand il l'avait vu mourir et qu'il s'était enfui, moitié pour sauver sa peau, moitié parce qu'il n'en pouvait plus, de toutes ces choses qu'on lui interdisait. Et que sinon il serait rentré dans un couvent.

Rachel lui dit dans la langue de sa mère des mots qu'il n'avait jamais entendus, *Mi corazòn es vuestro* ou encore *Os es mi vida* ou encore *Os amo maz que a mi vida*, je t'aime plus que ma vie.

Lorsqu'elle cessa de parler, il s'écarta d'elle et posa la paume de la main sur son bas-ventre. Il était toujours chaud et doux, et il se dit que tout en elle était toujours chaud et doux. Ses cuisses, ses bras, ses jambes, ses seins, ses joues, tout. Et toujours.

IX

Filippo Cuneo descendit les marches de Sant'Antonio, ferma les yeux, huma l'air et sourit. C'était bien l'odeur de Venise qu'il respirait. Une mixture de poisson pourri, de déjections et d'effluves marins. Il expira lentement, inspira à nouveau, les yeux toujours fermés, et crut déceler, en plus du reste, une odeur de sperme.

Cette ville s'enfonçait dans des plaisirs fétides. Elle avait besoin de quelqu'un qui la réveille. Qui lui redonne le goût de l'exigence et la remette sur le chemin de la vraie grandeur.

Bien sûr, s'il était né dans l'une des familles… Avec son sens de la manœuvre, il aurait pu changer les choses. Mais voilà, il était roturier… Et même moins que cela. Enfant trouvé… La vie publique lui était interdite, à l'exception de ce qui touchait à la charité. Alors il poursuivait cette voie, avec la détermination féroce de ceux qui cherchent à prendre sur le sort une revanche absolue.

Il avait été élevé en orphelinat et de ses parents il ne savait rien. "Demain, tu iras chez les frères", lui avait-on dit un jour. Ainsi, à neuf ans, il s'était retrouvé chez les dominicains.

Les petits séminaristes en avaient douze au moins lorsqu'ils étaient placés, et pour beaucoup treize ou quatorze, et il se douta qu'il y avait un motif pour qu'on le mette au couvent si jeune.

Il l'apprit peu de temps après son arrivée, un matin, dans le couloir qui menait aux cellules des frères. Les bribes d'une discussion lui arrivèrent par une porte restée entrouverte. "Le petit nouveau, il est de toi ?" avait demandé une voix. La réponse était venue avant que Filippo ait eu le temps de s'enfuir. C'était un "Eh !" prononcé à la vénitienne, une façon de dire "Que veux-tu, c'est oui !".

Qui avait dit ce "Eh !" ? Il n'avait pas voulu le savoir.

Selon la tradition, chaque petit séminariste était confié à l'un des frères, dont il devenait le protégé jusqu'au jour de ses vœux. Anselmo, le supérieur, avait accolé Filippo à Amalrico, par dérision plus que par gentillesse. L'enfant était court de taille et maigrichon. Il avait une tête de renard, un nez étroit et très long, et son visage était marqué par la petite vérole. Amalrico était maladivement timide, petit et maigre lui aussi. Il avait un penchant pour l'étude et aurait bien aimé rester seul en cellule. Mais à vingt-deux ans, et par son caractère, il était incapable de s'opposer à une décision du supérieur. Alors il installa Filippo dans sa cellule, comme c'était la règle pour les frères qui avaient la charge d'un séminariste.

Très vite, l'intelligence du garçon le frappa. Il lui enseigna le latin savant, le grec et la philosophie avec un plaisir de chaque instant. Filippo aimait tout, comprenait tout. Il avait goût à la vie de couvent. La prière et l'étude créaient une atmosphère rassurante. Tout était ordonné.

A l'âge de dix ans, il connaissait le premier chant de l'*Enéide* par cœur, sept cents vers latins qu'il scandait avec naturel. On l'appelait au réfectoire lorsque le supérieur recevait des visiteurs qu'il fallait honorer.

Et puis il y avait Amalrico, et Filippo passa auprès de lui cinq années de bonheur, les seules de sa vie où il reçut de la vraie tendresse.

Fils d'un tailleur, Amalrico était né à Trévise. Son père était mort lorsqu'il avait six mois et sa mère l'avait laissé à l'une de ses sœurs, qui était veuve. A la mort de celle-ci, on l'avait mis chez les frères. Filippo ne s'était pas ouvert tout de suite de la conversation qu'il avait entendue peu après son arrivée au couvent. La peur l'en avait empêché, celle de perdre l'amitié d'Amalrico, mais aussi celle d'apprendre de qui il était le fils, d'être déçu, et même humilié en découvrant que celui qui l'avait conçu était vulgaire et inculte, comme la plupart des frères du couvent.

Mais il avait fini par raconter. "Tu veux dormir près de moi ?" lui avait demandé Amalrico ce soir-là. Filippo l'avait rejoint dans son lit et les deux garçons avaient passé la nuit serrés dans les bras l'un de l'autre, incrédules devant le bonheur que leur procurait une telle intimité.

L'habitude s'installa. Filippo prit conscience des érections d'Amalrico et découvrit qu'il pouvait les soulager en procurant à son ami un plaisir immense. Celui-ci lui montrait de la reconnaissance, par des gestes délicats et des mots très doux que Filippo n'avait jamais entendus.

Au fil du temps, les échanges entre les deux garçons se firent plus forts. Filippo devint pubère. Et durant ce qui devait être la dernière année de leur compagnonnage, les deux garçons s'aimèrent sans réserve.

Un dimanche, le hasard mit sur la route de Filippo un Guido Cuneo, ancien séminariste du couvent et désormais marchand de drap, qui venait de temps à autre partager un repas avec les frères. Filippo avait scandé Virgile au réfectoire, et l'homme avait saisi le parti qu'il pourrait tirer de cet enfant en l'exhibant dans ses salons. Il demanda à s'entretenir avec le supérieur et, dans les jours qui suivirent, commanda à l'atelier des Palma plusieurs toiles, dont un grand retable, et déclara à qui voulait l'entendre qu'il les destinait au couvent. Trois mois plus tard, il obtenait d'Anselmo le droit d'adopter l'enfant.

Dans l'après-midi de ce même jour, Amalrico fut informé par le supérieur que Filippo allait partir "pour le grand mieux de sa vie". Amalrico eut le droit de lui apprendre la nouvelle et de rester avec lui le reste de l'après-midi. "Nous ne nous verrons plus", avait dit Amalrico. "Je viendrai te rendre visite, avait répondu Filippo, très souvent."

Il quitta le couvent le soir même. Lorsqu'il y retourna trois mois plus tard, on lui apprit qu'Amalrico était désormais frère d'un couvent en Emilie.

Guido Cuneo se montra un père attentionné. Il enseigna à Filippo les arts de la maison et la bonne marche des affaires. Il lui inculqua aussi le goût du grand argent.

Huit ans après l'avoir adopté (Filippo avait alors vingt-deux ans) Guido Cuneo mourut brutalement.

Filippo se retrouva seul et riche. Très vite, il prit plaisir aux montages astucieux pour développer son commerce. Dans les deux ans qui suivirent la mort de son père adoptif, il ouvrit des comptoirs à Damas, Constantinople et Famagouste. A l'ouest, il créa des succursales, à Lyon, à Bruges et à Rotterdam. Il se découvrit doué pour la ruse autant qu'il l'était pour l'étude et, de riche, il devint richissime.

Mais Venise ne voyait en lui qu'un parvenu, et il comprit que rien, jamais, ne pourrait faire de lui un homme important autant que la construction d'une confrérie. Le financement d'une Scuola Grande nécessitait douze mille ducats au moins, peut-être même quinze mille, mais c'était dans ses moyens, et puis il n'aurait pas d'héritiers, il le savait. Alors il acheta un terrain superbe au campo Santo Stefano, prit le grand Sansovino pour architecte, et fit bâtir la plus belle de toutes les confréries. C'était vingt-quatre ans plus tôt.

Il fit quelques pas sur la *piazza* et se retourna. Cette façade… C'était sa marque… Classique, maîtrisée, éclatante… Sansovino l'avait ponctuée de colonnades des trois ordres : dorique au rez-de-chaussée, ionique au premier et corinthien au deuxième. Le tympan de chaque fenêtre était de marbre rose, et, selon l'étage, il avait une forme de trapèze, d'arc de cercle, ou de triangle. Bien sûr, San Rocco et San Giovanni Evangelista avaient aussi des ornements sur leurs façades. Mais celles-ci étaient trop chargées. Sant'Antonio alliait la grandeur à la simplicité. L'image même qu'il voulait donner de lui…

Avec le Turquetto, il allait franchir un pas de plus. A la grandeur et à la simplicité, il allait ajouter l'art. L'art immense… Celui des grandes œuvres chrétiennes… Il sourit. Tout Venise voudrait faire partie de son entourage… Quant aux autres confréries, elles allaient souffrir… Elles souffraient déjà. Les défections se multipliaient. A San Rocco surtout… Par dizaines… Ce n'était que justice ! Les grandes confréries payaient leurs *fadigenti* ! Fallait-il être bête pour afficher une telle fausse charité ! Les levées de corps, les mises en terre, les cortèges de pénitents, tout cela était confié à des indigents payés à la journée ! Les tâches les plus chrétiennes ! Ces confréries ne méritaient plus le nom de confrérie. Enfin… Elles étaient médiocres, et après tout, tant mieux pour lui.

Il pensa à la présentation de la *Cène*. Il la voyait déjà, couverte d'un drap brodé au fil d'or… Non, au fil rouge… Il fallait éviter l'ostentation… Dans la salle, trois cent couverts seraient dressés, peut-être même trois cent cinquante… Le doge, le nonce apostolique, ceux du Conseil des Dix, le patriarche-évêque, le président du Sénat, celui du Grand Conseil, le chancelier, les secrétaires, tous seraient là… Puis il y aurait le dévoilement… Et le choc… L'immense choc, devant la plus grande et la plus belle de toutes les Cènes…

Des idées lui venaient en rafales. Puisqu'il s'agissait de faire la charité, il fallait inviter des pauvres ! C'était une évidence ! Et pas dix ou vingt, non ! La moitié des invités ! Un riche, un pauvre ! Un prélat, un pauvre. A tout riche, son pauvre ! Et au riche de le servir ! Au prélat de le servir ! Dans la tradition du Christ ! Venise en parlerait des semaines entières ! Quel formidable retour aux racines ! Les plus hauts personnages lui voueraient une reconnaissance infinie pour les avoir fait apparaître si bons à si peu de frais… Oui, vraiment, ce serait un jour inoubliable… Sans parler de l'émotion que déclencherait la *Cène*… Le style éblouissant du Turquetto… La précision du trait… Les couleurs éclatantes… Et ses personnages… Intériorisés… Bouleversants… Il imagina le Christ entouré des apôtres, splendides, monumentaux… Et il se vit, à cet instant, l'homme le plus honoré de Venise.

Pris dans le tourbillon de sa vanité, il se demanda ce qu'il fallait pour que sa victoire fût encore plus éclatante, plus mordante, et conclut qu'au fond, sa vraie victoire, ce serait les jalousies… Celles qu'il allait déclencher à l'inauguration de la *Cène* seraient violentes. Il s'en réjouit. Il la haïssait, cette Venise où chacun pouvait faire gicler son sperme dans autant de femmes qu'il le voulait, se dévoyer, se vautrer dans la débauche… Alors qu'entre garçons il était interdit de s'aimer, sous peine du bûcher… Alors, on faisait l'amour sans amour, en cachette et dans la peur.

Cette ville était injuste.

Il arriva au rio dell'Orso et congédia son gondolier. Remonter le Canal Grande à pied lui donnerait l'occasion de croiser du monde. Les gens lui feraient un signe et baisseraient leur regard, dans une sorte de soumission.

Il n'avait pas fait dix pas que plusieurs passants le saluèrent avec déférence, et il n'arriva pas à dominer son orgueil d'avoir été ainsi reconnu. Alors il leur répondit de manière exagérée, ce qu'il regretta aussitôt, mais c'était fait, tant pis. Puis il se dit que ces passants avaient dû se sentir honorés d'avoir été ainsi salués, et il ramena ses pensées au Turquetto. C'était une valeur sûre, le Turquetto... Avec lui au moins, il ne courait pas le danger de se retrouver au tribunal, comme ces imbéciles de Zanipolo* et leur Véronais de malheur... Mais quelle idée, aussi, d'aller mettre des chiots et des hallebardiers dans une Cène ! Au fond, le Véronais n'était qu'un simple d'esprit. Un bon peintre mais un simple d'esprit. Cela dit, les moines de Zanipolo, c'étaient aussi des crétins. Du reste, ce n'étaient plus vraiment des moines... Plutôt des noceurs déguisés en moines... Et ce tribunal qui avait usé d'une pirouette... Des benêts eux aussi, les juges du Saint-Office. Et même des corrompus. L'inquisiteur du tribunal était ce Scanziani... Un dominicain qui avait à juger un peintre dont les commanditaires étaient des dominicains... Une forfaiture grossière... *Dernière Cène* était devenu *Le Repas chez Lévi* et le Véronais avait évité de devoir ramer pour la République... Vraiment, avec le Turquetto, il n'aurait pas pu mieux choisir. L'horizon était radieux.

D'un coup, une ombre tomba sur son plaisir. Il y avait la juive dont lui avait parlé Achille...

* Contraction en vénitien de Zovanni (Jean) et Polo.

Cinq ans de galères, voilà ce qu'il risquait, cet imbécile de Turquetto… A moins que la fille ne fût encore vierge, et là, il en doutait. Les femmes n'étaient bonnes qu'à semer la division, et cette juive n'était pas différente des autres.

Il demanderait au Turquetto de ne plus voir la fille, cela réglerait la question, qu'ils soient ou non amants.

Le mieux serait que cette séparation fût une condition du contrat. Un article pourrait préciser : "Dans aucun des ateliers du Turquetto ne pourront être retenus les services de modèles de confession juive." Mieux encore : il exigerait que tout le personnel des ateliers fût "de bonne et déclarée foi chrétienne". Ce serait plus clair. Le Turquetto n'aurait qu'à se chercher une autre maîtresse.

Il s'arrêta. Maintenant, il était très inquiet. Cette juive risquait de mettre tout le projet en péril.

Il dirait au notaire d'inclure la clause, bien sûr. Mais cela risquait de ne pas suffire. Il devait s'assurer que la fille ne puisse causer aucun préjudice.

X

— Nous avons prévu un article selon lequel tous les employés de ton atelier seront chrétiens de foi pleine et assumée, fit Cuneo. Cela vaudra aussi pour tes modèles.

— La condition n'est en général pas précisée, intervint le notaire. Mais dans ton cas…

Elie avait regardé Cuneo sans comprendre.

— Tu as une fille qui pose comme modèle. Elle est juive. C'est celle de la *Vierge à l'Enfant*, non ?

Il y eut un silence.

— Tu mènes ta vie comme tu l'entends, mon Turquetto ! Tu es un artiste ! Mais la fille est trop belle ! Trop tentante… Et puis, si ce n'est pas elle, ce sera une autre. Ce que tu risques, c'est les galères. Tu aimes les juives, d'accord, mais nous, après, qu'est-ce qu'on devient ?

Elie se souvint que Stefania l'avait interrogé sur Rachel, le soir du baptême… Avait-elle parlé à Leonora ? A Achille ?

— Alors, Turquetto, qu'en dis-tu ? reprit Cuneo.

— Inclus la clause, répondit Elie. Je la respecterai.

XI

La séparation ne serait que temporaire. Il lui dirait :

— Cuneo ne veut pas que je te revoie.

Elle le regarderait sans comprendre.

Après un silence, il ajouterait :

— Il craint le procès.

Elle lui demanderait, l'air ébahi :

— On ne va plus se voir ?

— Durant quelques mois. Après, on se retrouvera.

Elle tirerait sur elle un pan du couvre-lit. Il lui dirait :

— Ils le mettent dans le contrat. Tous mes employés et tous mes modèles doivent être chrétiens.

Elle repousserait le pan du couvre-lit qu'elle aurait tiré sur elle et commencerait à s'habiller.

Il resterait immobile.

Elle placerait son bonnet sur la tête sans façon. Il lui dirait :

— Tu vas me trahir ?

Elle le regarderait longuement, incrédule, et se mettrait à pleurer.

Puis elle partirait, sans un mot.

Elle bousculerait des passants et se ferait injurier.

Arrivée dans sa chambre, elle resterait debout, ne sachant que faire. Puis elle chercherait une plume, du papier, de l'encre, et écrirait :

Comme ça tu seras tranquille.

Elle plierait le papier, le glisserait dans une poche et sortirait en courant. A la porte du ghetto le gardien lui lancerait :

— Dans vingt minutes, je ferme.

Elle ne répondrait rien et referait le trajet qui l'amènerait à l'atelier. A la porte, l'un des apprentis lui dirait :

— Le *maestro* vient de partir.

Elle lui remettrait le pli :

— Tu le lui donneras ?

— Il l'aura demain, sois tranquille, ajouterait l'apprenti.

Elle referait le même chemin en direction de chez elle.

Au pont du Rialto, elle gravirait les marches une à une, en les comptant, comme elle le faisait quand elle était petite. Trente-sept.

Arrivée au sommet, elle enjamberait la balustrade et se jetterait dans le canal.

Il l'attendit toute la journée.

A huit heures du soir, elle n'était toujours pas venue. Il interrogea les deux apprentis qui étaient encore au travail. Ils n'avaient pas vu Rachel. Et personne n'avait déposé de pli.

XII

Le lendemain vers midi, un policier vint l'interroger. Une juive du nom de Rachel, dont on lui avait dit qu'elle travaillait pour son atelier, avait été assassinée. Les malfrats étaient au nombre de trois, masqués comme au Carnaval, avait dit un commerçant qui avait vu la scène depuis la rive d'en face. "J'avais l'impression qu'ils rentraient d'une nuit de débauche. Ils chantaient à tue-tête lorsque brusquement l'un d'eux lui a fracassé le crâne d'un coup de gourdin, comme ça. Elle n'a pas eu le temps de s'effondrer qu'ils l'ont jetée à l'eau. Je n'en croyais pas mes yeux", avait conclu le commerçant.

Est-ce qu'Elie avait un indice qui pourrait aider la police dans son enquête ? Juive ou pas juive, c'était un être humain, après tout.

III

VENISE

Juin 1576

I

Cuneo examina d'un œil détaché la dorade que son majordome venait de lui servir. C'était une pièce splendide, d'au moins trois livres, grillée à la perfection, et les traces du fer, nettes et croustillantes, marquaient la peau argentée du poisson. Durant une longue minute, Cuneo hésita à entamer le poisson. Puis il soupira, saisit son couteau, partagea d'un geste précis la chair de la dorade le long de son flanc, sépara de la pointe les deux filets et les regarda. Ils étaient magnifiques, blancs et fermes. Mais il les laissa intacts. Il n'en avait aucune envie.

Et puis, son esprit était ailleurs. Dans quelques heures, Venise ne parlerait que de la *Cène* du Turquetto et de son bienfaiteur, Filippo Cuneo, fondateur de la Scuola Grande di Sant'Antonio, la confrérie qui avait redonné aux Vénitiens le sens de la vraie charité.

Demain, se dit-il. Demain… C'est-à-dire tout de suite, dans un rien de temps, une nuit, à peine quelques heures… Demain, Venise serait forcée de le reconnaître. De s'incliner devant lui. Devant le bâtard. De l'accepter comme l'un de ses grands. Alors il aurait tout. L'amitié des puissants et la vénération du peuple. Tout.

Il leva les yeux de son assiette et parcourut du regard son immense salle à manger. Au sol, des dalles de marbre rose, carrées sur trois pieds de côté, étaient encadrées de rectangles en marbre vert et serties de cabochons blancs. Le plafond était orné d'une fresque immense qu'avait peinte Tiepolino. Elle montrait un génie juché sur Pégase, qui chassait le Temps. Aux murs, une trentaine de toiles étaient accrochées bord à bord. Cuneo les avait commandées à Titien, au Véronais, au Tintoret, au Turquetto, et à d'autres, tous vénitiens. Sur sa gauche, un cadre en porphyre, large d'un demi-pied, entourait une *Récolte de la manne*, de Palma le Jeune, qui faisait toute la hauteur du mur, quinze pieds sur sept de large. Des cristaux blancs, verts, et violets étaient noyés dans la pierre rougeâtre et ce jeu de couleurs donnait à la fresque une allure somptueuse. La table, recouverte d'une nappe cramoisie, damassée et gansée d'or, était dressée pour un seul couvert, autour duquel le majordome avait disposé une trentaine de pièces en porcelaine, en argent ou en cristal. Trois candélabres éclairaient la table avec douceur.

Le goût de Cuneo l'aurait porté à plus de sobriété. Mais, à Venise, il fallait prendre en compte les yeux des autres...

Son regard tomba sur la *Vierge à l'Enfant*, le tableau qu'il avait reçu du Turquetto à la commande de la *Cène*. L'image de Rachel le dérangeait, et il avait fait déplacer la toile au fond de la pièce. Mais il la gardait dans sa salle à manger, malgré le désagrément qu'elle lui causait. Il valait mieux éviter les questions.

Il repensa aux événements qui avaient précédé la mort de Rachel. Toute cette histoire était bien malheureuse... Mais s'il n'avait pas agi avec autant de détermination, les choses se seraient terminées en catastrophe. Sans l'ombre d'un doute ! Ainsi, au moins, elles se présentaient de la meilleure façon possible.

II

— Je tends, *maestro* ?

L'apprenti tenait l'extrémité d'une longue corde sur laquelle sept grands draps avaient été cousus côte à côte. La corde montait vers le plafond, passait par la gorge d'une poulie fixée à droite de la *Cène*, redescendait jusqu'au sol où les draps étaient en tas, puis remontait au plafond où son autre extrémité était enroulée autour d'un clou planté au haut mur, tout à gauche. Le montage avait été conçu pour que la corde puisse être tendue à hauteur du plafond. Les draps cacheraient alors la *Cène* entièrement.

Sans répondre, Elie descendit les marches de l'estrade, se dirigea vers le fond du réfectoire, se retourna et regarda la *Cène*.

Tout était là. Les racines du christianisme. La grandeur de Jésus et de ses apôtres. La gloire de Venise. Tout, rendu avec noblesse et sobriété. Il avait respecté son contrat. Fait des choix qu'il estimait justes. Pendant vingt-deux mois, il avait travaillé, mangé, dormi, vécu pour cette *Cène*. Elle avait pris possession de ses jours et de ses nuits. Dans quelques heures, elle ne lui appartiendrait plus.

Il balaya la toile du regard avec intensité, longuement, puis lança :

— On cache !

— On cache ! cria l'apprenti.

La corde se tendit, les draps se déplièrent, et, quelques instants plus tard, la *Cène* était cachée tout entière sous un immense tissu blanc.

Comment allait-elle faire ? On lui poserait mille questions… Avait-elle vu la *Cène*? Qu'en pensait-elle ? Et son mari, que disait-il de son œuvre ? Et ceci, et cela… A chacune de ses réponses, les gens allaient sourire. Comme toujours… Elle serait dépassée. Perdue.

Son problème, c'était qu'elle n'avait pas une cervelle comme tout le monde. Les gens le savaient, alors, quoi qu'elle dise, ils lui répondaient comme à une crétine.

Le mari avait changé… Pourquoi est-ce qu'il avait changé ? Il semblait… comment dire… préoccupé ! Voilà, c'était le mot qu'elle cherchait. Préoccupé. Comme s'il avait encore plus de soucis que d'habitude. Et Leonora, qui ne lui parlait plus que du bout des lèvres… Mais vraiment du bout des lèvres ! Comme si elle parlait à un petit animal ! Même les bains de Teresina ne la faisaient plus rire. Tout était devenu triste.

Et la juive ? Personne n'en parlait plus, de la juive. Qu'est-ce qu'elle était devenue ? Chaque fois qu'elle interrogeait Teresina, celle-ci répondait avec mauvaise humeur : "Elle est allée poser ailleurs, que veux-tu que je te dise !" ou encore : "Mais parle-moi d'autre chose, à la fin ! Tu m'ennuies avec ces histoires !"

IV

Depuis plus de deux heures, Gandolfi était couché dans son cabinet d'écriture, les yeux clos, la tête entre les mains. A chaque pulsation, le sang lui compressait la cervelle, et la douleur était si violente qu'il gardait les doigts sur les tempes, pour atténuer les élancements. Cela déclenchait d'autres douleurs, derrière les orbites et sur le cristallin, mais elles étaient plus supportables.

Il finit par ouvrir les yeux, se leva et se dirigea lentement vers une bibliothèque dont les étagères étaient couvertes de boîtes et de fioles.

Les boîtes étaient de trois tailles. Les plus petites, en porcelaine, contenaient de la poudre de stramoine, de jusquiame ou de mandragore. D'autres boîtes, de taille supérieure et en terre cuite, étaient remplies de feuilles séchées. Dans les plus grandes, en bois, Gandolfi avait rangé avec soin des racines de mandragore. Les fioles, toutes de même dimension, contenaient du vin doux dans lequel maçéraient des radicelles.

Gandolfi cueillait la mandragore au printemps, dans un bois qu'il avait repéré près de Trévise, qu'un jour entier de marche séparait de Venise. Les autres plantes étaient plus faciles à trouver. La jusquiame poussait le long d'un chemin pierreux, près d'un cimetière abandonné, à Santa Maria di Sala. Quant à la stramoine, elle était abondante dans les friches qui entouraient la lagune, du côté de Spinea.

Les plantes, Gandolfi les connaissait depuis toujours. A Campo Imperatore, où il avait passé son enfance, chacun se soignait à la mandragore, et il avait appris à dénicher la plante où qu'elle se trouve, dans les jachères ou les bois. Selon les vents, il arrivait même à la repérer par son odeur. Plus tard, à l'époque où il était évêque d'Assise, un pharmacien du nom d'Artioli l'avait soigné à la mandragore de façon miraculeuse, et les deux hommes étaient devenus amis.

Au fil du temps, après avoir essayé mille mélanges, il avait appris à soulager ses migraines de deux manières. L'une consistait à absorber de la poudre de mandragore, une bonne pincée dissoute dans du thé chaud. Il pouvait répéter la prise une fois dans la journée et recommencer le lendemain sans risquer l'évanouissement. La mandragore apaisait la douleur, mais elle le faisait de manière imprévisible, presque capricieuse, et certains jours, malgré une deuxième prise, il avait le sentiment de n'avoir rien absorbé. De toute façon, sous l'effet de la seule mandragore, il ne s'agissait que d'un soulagement. La migraine le tenait éveillé la nuit, et après quelques jours d'insomnie, il se retrouvait incapable de suivre une conversation. La mandragore calmait les douleurs, mais une dose trop forte pouvait déclencher une narcose, et le danger d'en mourir était réel. Selon le jour, des vertiges s'ajoutaient aux migraines, et il avait alors le sentiment de s'être transformé en abruti, incapable d'aligner trois phrases.

Il recourait alors à un remède plus efficace mais risqué, un mélange de mandragore, de jusquiame et de stramoine qu'il dissolvait dans du vin doux, pour en masquer le goût affreux. La mandragore apaisait la douleur. La stramoine était fortifiante mais provoquait de temps à autre des hallucinations. La jusquiame avait un effet euphorisant. La combinaison des trois plantes permettait à Gandolfi d'avoir une nuit de vrai sommeil. Il demandait alors à Gianni de ne le déranger sous aucun prétexte, dormait huit à dix heures d'affilée, et se réveillait reposé. Mais c'était là un remède puissant dont il ne pouvait se servir qu'une ou deux fois par semaine, et il le réservait aux veilles des jours où il devrait être en représentation, lorsque chacun attendrait de lui qu'il se montre disert et bienveillant.

Il pensa au lendemain, aux manières qu'il aurait à faire devant tout ce que la ville comptait de gloires et de vanités, et il se décida pour le vin.

V

Ils étaient venus. Tous. Les nobles et les riches. L'Etat et l'Eglise. Ils allaient assister à la présentation de la *Cène*. Mais, qu'ils le veuillent ou non, c'était à lui, Filippo Cuneo, qu'ils rendaient hommage.

Debout sur l'estrade, il balaya des yeux le réfectoire avec un sentiment de triomphe. Les nantis avaient été placés en alternance avec les pauvres, qu'ils devaient servir, et, à la manière soucieuse des riches et des nobles de chercher leur place, Cuneo sentit un frisson de plaisir le traverser.

Il avait gagné.

En temps normal, les tables étaient au nombre de six, chacune de trente-deux places. Cuneo en avait fait installer quatre autres. Pour la première fois, le réfectoire de Sant'Antonio comptait dix tables. Dix ! Couvertes de casseroles qui débordaient de nourriture, de monceaux de pain et de fioles de vin… Le repas serait modeste : poisson séché, maïs cuit et pois chiches bouillis. Mais il ressortait de ces amoncellements répétés à l'identique une impression de grande force.

Une onzième table avait été installée, sur l'estrade. Elle ne comptait que dix places, dont cinq étaient déjà occupées par des gueux, une par Elie et une encore par le nonce. Les trois autres seraient occupées par Cuneo, le doge et le patriarche-évêque.

Tout se déroulait à merveille. La Venise riche allait nourrir ses pauvres. Elle le ferait aux yeux de tous, et lui, Cuneo, en retirerait une gloire immense. Par l'astuce de son grand maître et le talent de son peintre favori, Sant'Antonio était sur le point d'accéder à un statut nouveau : celui de Scuola Grandissima. Ecrasées, les San'Rocco, San Teodoro, Santa Maria della Carità... Des confréries aux sièges somptueux, avec grands escaliers et deux salles à l'étage pour la gloire de ses dirigeants, certes. Mais des confréries qui ne songeaient qu'à une chose : éblouir. Tandis que Sant'Antonio... Somptueuse, elle aussi, couverte de marbres et riche de cent cinquante toiles, plus belles les unes que les autres... Mais sa plus grande pièce était un réfectoire dont le propos était de nourrir les pauvres... Une confrérie chrétienne, voilà ce qu'elle était... Pas un monument d'autocélébration. Le coup de génie de Cuneo, c'était le réfectoire. Et bien sûr la *Cène*... Dans quelques minutes, son dévoilement allait parachever une victoire sans concession. Il y aurait désormais Sant'Antonio et les autres, toutes d'un rang inférieur. Comme il aimait cette expression qui lui était venue un instant plus tôt : Scuola Grandissima... Il l'introduirait dans la conversation, mine de rien. L'expression prendrait, il en était sûr... Scuola Grandissima... Un délice à l'oreille.

Il chercha des yeux les grands maîtres des autres confréries. Tous étaient là. Il repéra Tisi, déjà assis, le regard mauvais.

Un brouhaha salua l'arrivée du maître, celui chez qui Elie avait appris le métier. Il était venu, malgré ses quatre-vingt-quatre ans, aidé dans sa marche par un jeune homme à qui il donnait le bras. Elie quitta sa place et s'approcha de lui. Le maître l'embrassa. Plusieurs convives applaudirent.

Cuneo était aux anges.

— Et chaque dimanche, tu nourris autant de monde ?

C'était Gandolfi, le nonce, qui l'interpellait, l'air goguenard.

Il doit être vexé d'être arrivé avant le doge, se dit Cuneo. Il alla s'asseoir près de lui :

— La moitié, monseigneur. Cent vingt repas, au plus cent cinquante.

— Et là, qu'est-ce que tu nous as préparé ?

Le nonce avait fait un geste de la tête en direction du mur couvert des draps blancs.

D'un coup, la question du nonce plongea Cuneo dans l'angoisse. Quelle *Cène* Elie avait-il peinte ? Il n'en savait rien. Durant les six jours qui avaient été nécessaires pour fixer la toile sur le châssis, rattraper les éraflures causées par le transport et installer le cadre doré sur le pourtour de la toile, le réfectoire avait été interdit d'accès.

Mais il y avait le contrat… Sûrement que le Turquetto avait donné le meilleur de lui-même… Il lui était redevable d'une commande exceptionnelle…

— Je découvrirai la *Cène* en même temps que vous, monseigneur, fit Cuneo.

Le nonce sourit. Au même moment, il y eut des cris :

— Le doge ! Le doge !

Cuneo se sentit transporté de bonheur. Le doge était là.

A cet instant, son regard tomba à nouveau sur Tisi. Il y lut une telle amertume que son plaisir revint tout entier. Mais ses yeux croisèrent ensuite ceux d'Elie, et l'angoisse l'envahit à nouveau. L'homme aurait dû être heureux, pour l'amour du ciel ! C'était son jour de gloire ! Et il avait l'air détaché ! Comme si toute cette agitation ne le concernait pas.

Cuneo traversa le réfectoire à la rencontre du doge, vit au même moment le patriarche qui se dirigeait vers lui, et l'arrivée de tous ces personnages le rassura. Dans quelques minutes, ce serait le dévoilement. Tout allait se passer merveilleusement. Il pourrait respirer... Après tout, si le Turquetto semblait inquiet, quoi de plus normal ? Il était angoissé, comme tout artiste avant la présentation d'une œuvre importante...

— Alors ? lança le doge. Ton Turquetto nous a préparé une merveille ?

A nouveau, Cuneo sentit l'angoisse l'oppresser. Il devait se ressaisir. L'homme était un pupille de Venise. Il savait où était sa place...

— Il doit tout à notre ville, fit Cuneo, comme pour se convaincre. Il nous montrera son attachement, et tout son talent, j'en suis sûr.

— Je m'en remets à toi, répondit le doge en souriant.

Il prit place, Cuneo s'approcha du bord de l'estrade et s'adressa à la salle.

— Mes chers concitoyens...

Il avait dit ces mots d'une voix tendue qui monta dans les aigus :

— Nous voici réunis pour le dévoilement de la sainte Cène que notre confrérie a commandée au Turquetto. Un tableau pour lequel nous lui avons demandé de suivre trois règles. D'abord de ne représenter que le Christ et ses apôtres, afin de laisser à chacun sa juste et pleine place. Ensuite, de revenir aux racines du christianisme. Les artistes, nous les connaissons... Ils sont souvent pris par leur génie... Leur créativité les éloigne quelquefois de la vraie vie...

Il y eut quelques rires.

— Et, enfin, de faire un tableau qui chante la gloire de notre belle Venise.

Il s'interrompit pour laisser les invités applaudir.

— Je salue le génie de notre cité, reprit Cuneo. Je vous incite à remplir vos verres, et demande au Turquetto, enfin !…

Il fut interrompu par des applaudissements…

— … de nous dévoiler son chef-d'œuvre.

Il se tourna vers Elie. Celui-ci fit un signe de la tête et l'apprenti qui attendait sur l'estrade laissa filer la corde. Sous le poids des draps, elle s'éleva, glissa sur la gorge de la poulie, et une seconde plus tard l'immense *Cène* apparut aux yeux de tous.

Il y eut un "Oh" général.

Cuneo devint blanc. Le souffle court, il murmura :

— *Oddio**…

Le doge ouvrit la bouche mais n'émit aucun son.

Chacun cherchait à retrouver ses esprits. Le tableau qui venait d'être dévoilé était d'une beauté, d'une force, et d'une audace jamais vues. Mais ce n'était pas celui que les convives attendaient.

Elie avait peint Jésus et les douze apôtres dans la manière classique, assis tous du même côté d'une longue table.

Ils apparaissaient au premier plan, si bien que chacun d'eux était d'une taille impressionnante, près de deux mètres à partir de la taille.

— Titien ! lança une voix mal assurée. Regardez ! C'est Titien !

— Et Giorgione ! fit une autre.

D'autres noms fusèrent de la salle :

— Le Turquetto, le voilà !

— Bassano !

— Gentile Bellini !

— Le Véronais !

— Carpaccio !

— Giovanni Bellini !

* "Mon Dieu".

— Titien jeune, cria une voix d'homme âgé, je le reconnais !

— Carpaccio !

— Del Piombo !

Elie avait représenté les douze apôtres sous les traits des plus grands peintres de Venise. Titien apparaissait deux fois. A l'extrême gauche du tableau, il était peint dans le vieil âge qu'il avait désormais, en dialogue avec le Véronais, sous l'œil attentif des frères Bellini. A l'autre extrémité du tableau, il était représenté en pleine jeunesse, les yeux tournés vers le personnage situé tout à droite. Ce dernier, l'air inquiet, regardait le spectateur, le bras gauche écarté vers le sol. Sa main enserrait une bourse de cuir rouge. C'était Judas. Elie l'avait représenté sous ses propres traits.

Giorgione, placé à la droite du Christ, parlait à l'oreille de Del Piombo. Carpaccio et le Tintoret (assis à la gauche de Jésus) regardaient en direction des frères Bellini, placés à la droite de Titien jeune.

Le premier choc passé, les qualités de la toile apparaissaient mieux encore. Elie avait utilisé des huiles très fines, et cela lui avait permis de peindre en transparence, par couches superposées. Pour les carnations, il avait choisi un blanc de Saint-Jean très dilué, et cela donnait aux visages un effet nacré d'une grande douceur. A la beauté des couleurs s'ajoutait la précision du trait. Les personnages étaient vivants, vibrants, prêts à surgir de la toile. Le tableau montrait l'art du Turquetto à son sommet.

Jésus et ses apôtres étaient dans l'attente, à la fois grands et intimes, saisissants de présence et de force. Elie avait peint l'humanité, dans sa puissance et son espérance.

— Comment a-t-il osé ? susurra Cuneo pour lui-même.

Sur la table, couverte d'une nappe brodée de rouge au point de croix, Elie n'avait pas représenté des miches de pain, comme le faisaient tous les peintres. Il avait respecté l'histoire et peint des galettes. Jésus et ses disciples fêtaient Pessah, la Pâque juive. Ils célébraient la fin de leur esclavage en Egypte, d'où ils avaient dû s'enfuir, et le pain n'avait pas eu le temps de lever, alors en souvenir et pendant une semaine, les juifs mangeaient du pain sans levure.

Elie avait aussi représenté les trois grands plats. L'un portait les herbes amères, les feuilles de laitue, et l'œuf dur. Un autre l'os d'agneau. Un autre encore la confiture de pommes, de dattes et de raisins secs. Chacun de ces ingrédients avait dans la tradition juive une signification religieuse dont Elie ne se souvenait pas. Mais il avait gardé de ces plats un souvenir précis, du temps où son père et lui célébraient la Pâque chez Izak Bey.

Jésus et ses apôtres étaient vêtus de noir, en rabbins, la tête couverte d'une calotte qu'Elie avait rendue à la feuille d'or et au poinçon. Des bords de la calotte partaient des rayons d'or qui formaient l'auréole, pour laquelle il avait usé d'un procédé par superposition de fines touches de jaune clair, peintes sur un jaune plus soutenu. Pour les rayons de lumière, il avait obtenu un effet de relief en les rendant au petit trait, en ocre foncé. Seul parmi les apôtres, Judas portait une calotte noire. Au-dessus du Christ, sur un fond bleu ciel, Elie avait inscrit, en lettres grecques :

INRI
Jésus de Nazareth, roi des Juifs

Il était là, encore juif et déjà chrétien, dans une représentation à la fois apaisante et d'une force inouïe. Un petit fascicule était posé sur la table, et l'on pouvait lire sur sa couverture, en lettres hébraïques :

HAGGADAH

Le livre des prières juives. "Je suis venu pour accomplir et non pour abolir", avait dit le Christ.

Les racines du christianisme étaient la tout entières peintes comme jamais personne ne les avait peintes.

Cuneo regarda en direction du doge. Celui-ci était en conversation animée avec le nonce, et Cuneo capta ces mots :

— Il dit vrai, que veux-tu.

Le doge eut un geste fataliste et Cuneo se dit que la situation n'était peut-être pas désespérée. Il se tourna en direction de la salle et constata enfin qu'il y régnait un désordre extraordinaire. Chacun commentait la *Cène*, certains avec véhémence, d'autres avec admiration. Cuneo voulut se rassurer. Mais dans l'instant qui suivit, ses yeux croisèrent ceux de Tisi. Ce dernier souriait, et Cuneo eut à nouveau très peur. Qu'est-ce qui le rendait si heureux, ce voyou de Tisi ? Quel coup bas était-il en train de préparer ? Il balaya à nouveau la salle du regard. Les convives étaient si occupés à regarder la toile et à la commenter qu'aucun ne mangeait, pas même les plus faméliques. Le repas de charité se transformait en désastre. Ce porc d'Elie l'avait livré à ceux qui n'attendaient qu'une occasion pour l'abattre, lui, son bienfaiteur !

Il voulut lui dire son fait, là, dans l'instant, et quitta brusquement l'estrade, mais un mouvement de foule l'en empêcha. Deux rangs d'invités entouraient Elie.

— Tu as réussi ce que personne n'a réussi, lui dit le maître.

Il leva les yeux vers la toile et ajouta, l'air pensif :

— Le *disegno* et le *colorito*… Tu es le plus grand d'entre nous, Turquetto…

Il se mit à rire :

— En plus, tu nous as faits plus beaux que nous ne sommes…

Il y eut des applaudissements. Il donna l'accolade à Elie et se dirigea lentement vers la sortie. Les invités qui l'entouraient se dispersèrent et Cuneo put enfin s'approcher d'Elie. Il lui lança d'un ton sec :

— M'expliqueras-tu ta toile ?

Elie soutint son regard :

— C'est venu comme ça.

Au même instant Gandolfi s'approcha d'eux et posa la main sur l'épaule d'Elie :

— C'est très bien, Turquetto. C'est vraiment très bien.

Il le pensait. Onze ans après les résolutions du concile de Trente, il ne restait rien d'elles. L'Eglise s'éloignait du christianisme et Venise était toujours un lupanar.

Il regarda la toile. Difficile d'imaginer une plus belle représentation de la Cène. Il relut l'inscription en lettres grecques : "Jésus de Nazareth, roi des Juifs."

— C'est très bien. Et puis cette idée d'honorer Venise, avec tous ses peintres…

Il ajouta en souriant :

— C'est habile, mon Turquetto. Ça te protège…

Cuneo se tourna vers Elie :

— Tu t'es mis en Judas…

— Il en faut toujours un, lança Tisi, le sourire aux lèvres. Le Turquetto est un artiste modeste. Il s'est réservé le mauvais rôle…

— Malgré tout, fit Cuneo, tu aurais pu penser aux réactions…

VI

Tisi quitta Sant'Antonio dans un état de nervosité extrême. Quelle idée il avait eu d'aller sourire sous le nez de Cuneo… L'autre était blessé à vif… Ajouter du sel à sa blessure, c'était le fait d'un crétin. Maintenant, Cuneo était alerté… Il allait tout faire pour se rattraper… Il deviendrait dangereux… La grande erreur serait d'en rester là. Il fallait aller au bout de cette histoire. Tout au bout. Car, à laisser les choses en l'état, San Rocco se retrouverait au deuxième rang… Et sans tarder… D'ailleurs, la glissade avait déjà commencé. Il suffisait de voir comment on le saluait. Une heure plus tôt, le doge lui avait tendu trois doigts. Pas même une main… Trois doigts offerts comme une aumône, le regard tourné vers quelqu'un d'autre…

C'était logique. San Rocco perdait du terrain. Moins de membres, moins d'argent, et donc, moins d'honneurs…

Il fut un temps où on le saluait autrement… Mais c'était avant que cet inverti de Cuneo ne se mette à exhiber sa charité comme on promène un ours savant… Et cette arrogance dans le discours… Le retour aux valeurs, le retour aux valeurs… Il n'avait que ces mots à la bouche ! Comme si toutes les autres confréries étaient devenues hérétiques, tout à coup ! De l'arrogance et rien d'autre… Il fallait qu'il lui règle son compte.

160

Cela étant, avec le Turquetto, il avait misé sur le mauvais cheval… Il s'était fait embobiner… Au fond, c'était un naïf, Cuneo… Ou plutôt, sa soif de reconnaissance était si grande qu'il en était devenu simple d'esprit. Confier une Cène à un étranger… Et les yeux fermés, en plus !

Evidemment, tout le monde s'était perdu en compliments. Ils ne pouvaient tout de même pas dire : "Le Turquetto vous a joué un sacré tour ! Vive les juifs…" Mais, à voir les mines des gens, ils n'en pensaient pas moins… Et ces histoires de retour aux racines… Au fond, elles faisaient le jeu des réformés !

Il devrait laisser échapper cette idée… Au bon moment, et devant les personnes qu'il fallait… Au conseil de San Rocco, par exemple : "Vous ne trouvez pas que cette façon de peindre la Cène a des relents un peu… comment dirais-je sans vouloir polémiquer… un peu… protestants ?" Tout Venise en parlerait dans les vingt-quatre heures…

Cela dit, ce Turquetto avait quelque chose d'opaque… Et cette idée bizarre de se représenter en Judas… L'homme ne devait pas avoir la conscience tranquille… En plus, il ressemblait à un gros rat… Au fond, personne ne le connaissait…

Au moment où il s'apprêtait à descendre les marches de San Moisè, Tisi s'arrêta. Une pensée le traversa, mais si vite qu'il n'arriva pas à la saisir. Une pensée à la fois dérangeante et jubilatoire… A propos de Judas… Il resta immobile sur le pont et concentra toute son attention à la retrouver. Elle avait un lien avec la traîtrise… Oui ! Avec la traîtrise… Judas n'était pas le seul traître parmi les douze… Pierre aussi avait trahi le Christ ! Et même trois fois… Voilà que l'idée revenait ! La marque de Judas parmi les apôtres, ce n'était pas la traîtrise… C'était autre chose… Mais quoi ? Judas était le seul,

161

le seul… Tisi secoua lentement la tête… Il touchait à la vérité… Il ne savait pas de quelle vérité il s'agissait, mais déjà il sentait sa poitrine se gonfler de joie… La vérité était là, à deux pas, à un pas, à rien du tout…

Il continua de rester immobile, soucieux de ne rien changer à l'état dans lequel il se trouvait. Mais rien ne venait, aucun indice. Il attendit encore, puis eut un mouvement d'épaules et décida de reprendre son chemin.

La vérité surgit à cet instant même. Ce qui rendait Judas différent des autres apôtres, c'est qu'il était le seul, oui, le seul d'entre eux… à porter une calotte noire ! Le seul à ne pas avoir d'auréole ! Et pour cause ! Judas était le seul d'entre eux à être resté juif !

Alors, d'un coup, Tisi en fut certain. Le Turquetto était juif.

VII

Cuneo était pris dans un mélange de rage et de honte. Il s'était fait abuser. Moquer. Cette histoire de rabbins… Il avait manqué de vigilance. Et Turquetto… Un va-nu-pieds déguisé en peintre vénitien… Tisi devait être en train de se dire : Cuneo est blessé, c'est le moment de lui régler son compte…

Il devait réagir. Renverser la situation. Rendre la *Cène* du Turquetto indiscutable. En faire admettre l'interprétation chrétienne. Ce voyou de Turquetto en tirerait une gloire accrue, mais tant pis. Il devait rétablir le rang de Sant'Antonio. A tout prix.

Son esprit se mit à fonctionner très vite. Il y avait un coup à jouer… Le coup qui transformerait la débâcle en victoire écrasante… Il ferait venir Grégoire ! Le pape ! Et il lui demanderait de nourrir les pauvres de la confrérie ! Devant la *Cène* ! Et il viendrait ! Pour sûr qu'il viendrait ! Sant'Antonio, à Venise, c'était la première des confréries à lutter ouvertement contre la Réforme ! Le pape lui devait bien ça ! Du reste, Gandolfi avait eu des mots bienveillants à l'égard du Turquetto. Il avait donné le baptême à la petite Francesca, dont Cuneo était le parrain… Il lui demanderait d'intervenir.

Et puis, il y avait d'autres moyens de convaincre le pape… Par exemple, offrir une église à son saint… Venise n'avait pas de basilique dédiée à saint Grégoire… Il en ferait accoler une à la Scuola, qui donnerait sur le campo Santo Stefano… Bien sûr, le terrain qui restait à disposition était exigu… La basilique serait petite, forcément… Mais il pouvait la rendre prestigieuse… En faire un bijou… Il demanderait à Sansovino ! Il lui en coûterait trois mille ducats pour la construction et autant pour les toiles. Mais alors, quelle gloire ! Quel éclat ! Evidemment, cela prendrait du temps… Attendre l'inauguration n'était pas envisageable… Non, il ferait venir Grégoire pour la pose de la première pierre… Voilà l'idée… Et il appuierait sa requête par l'envoi d'un tableau.

Il eut soudain un éclair de joie. Le pape ! C'était lui qui avait fondé le collège des néophytes ! Réservé aux juifs convertis ! Bien sûr qu'il appuierait l'interprétation du Turquetto !

Les choses se mettaient en place de façon superbe. Il allait d'abord obtenir l'appui de Gandolfi. Grégoire l'écouterait. Après tout, c'était son envoyé ! Il fallait aussi presser Sansovino, pour les plans de la basilique. Et choisir une toile pour Grégoire. Très vite. La *Descente de croix* ou l'*Annonciation* qu'il avait dans sa bibliothèque, peints par le maître, splendides l'un et l'autre.

Les yeux brillants, il balaya le réfectoire du regard et décida qu'il lui offrirait les deux pièces.

VIII

Gandolfi n'arrivait pas à trouver le sommeil. Pour une fois, ce n'étaient pas les élancements qui l'empêchaient de dormir. C'était la tristesse. Cette ville lui serait toujours étrangère. Il y était inutile. Trop de passions la traversaient. Trop d'envies. Tisi allait profiter du trouble causé par la *Cène*, c'était certain. Mais Cuneo anticiperait la manœuvre, et à la fin, chacun se retrouverait pris au piège de la vengeance, sans autre choix que de devoir abattre l'autre. Comme la couleuvre et la vipère. Si ce n'est qu'il n'y aurait pas de survivant.

Assise lui manquait. Son église, les odeurs de sa campagne, ses paysans… Ses animaux, aussi. Lorsque trois ou quatre bœufs traversaient le village, aussitôt on y respirait un air de tendresse. Et les fresques… La huitième… Celle où le saint prêche aux oiseaux. Pendant une messe, ou simplement lorsqu'il traversait la nef, il suffisait à Gandolfi de jeter un coup d'œil sur la huitième fresque pour se rassurer. Se convaincre, une fois encore, que sa fonction avait un sens. Que l'Eglise était utile à chaque être vivant, qu'elle était là pour l'écouter comme s'il n'y avait que lui sur terre. Pour lui dire : "J'ai confiance en toi."

La *Cène* du Turquetto montrait le vrai christianisme, aussi bien que les fresques d'Assise. Jésus était là, immense, à l'écoute, prêt à serrer chacun dans ses bras et à le consoler. Mais pour ce tableau qui disait l'immense charité, Venise allait se déchirer.

Il se retourna dans son lit et pensa au repas de Sant'Antonio... Des riches qui jouaient à être de bons chrétiens... Des nobles qui se couchaient devant l'argent... Des citoyens qui se haïssaient... Une mascarade.

Il fallait qu'il quitte cette ville.

IX

Au fil des jours, Elie sentait le malaise enfler. Les regards des gens qu'il croisait étaient fuyants. Cuneo vint trois fois en dix jours à l'atelier de San Cassiano : "Le chef-d'œuvre de Sant'Antonio… De toutes les confréries… De tout Venise… Une *Cène* unique… Profonde… Impressionnante…" Mais le cœur n'y était pas et ses mots sonnaient comme des regrets. Il cherchait sans doute à se convaincre que tout allait pour le mieux, que les choses allaient rentrer dans l'ordre.

La *Cène* du Turquetto mettait Venise mal à l'aise.

Quelques jours après sa présentation, alors qu'Elie se dirigeait vers son atelier de San Cassiano, il aperçut Tisi. Debout sur les marches d'un pont, il était en compagnie de deux hommes mal vêtus. Il semblait les écouter avec grande attention, et Elie s'étonna de le voir marquer tant de respect à des hommes de condition si inférieure.

A peine Tisi le vit-il qu'il l'appela par son nom, de façon ostentatoire, et se mit à le saluer de loin, avec de grands gestes, comme il n'en avait pas l'habitude.

Elie rendit poliment son salut à Tisi et poursuivit son chemin jusqu'à San Cassiano, où il s'enferma dans son *studio* et resta assis longtemps, l'esprit agité. Que cachait Tisi ?

Vers midi, il choisit une toile de lin à armure simple qu'il installa sur son chevalet et recouvrit d'une couche claire, un mélange de gypse et de colle animale, sur lequel il appliqua une seconde couche, faite de pigments terreux et de noir, très huileuse. Il la colora de gris, pour atténuer la blancheur de celle du dessous et préparer les effets de clair-obscur.

Il commença le portrait d'un jeune patricien, le bras gauche en appui sur un bloc de marbre rose, dans un laisser-aller qui lui donnait grande allure. Sa main gauche, vêtue d'un gant, en serrait un autre, très chiffonné, et Elie peindrait ses deux gants emmêlés avec tant de finesse qu'ils sembleraient surgir de la toile. Il mettrait dans son regard cette sorte d'impatience bienveillante qu'ont seuls certains riches, et rendrait tous les détails de sa personne avec une précision extrême. Pour les couleurs, il userait d'une palette restreinte, à l'exception d'une touche de rouge orangé, pour le bijou que porterait le jeune homme. Le reste du portrait serait dans des tonalités blanches, grises et noires, faites de blanc de plomb, d'ocre et de terre d'ombre.

Il peignit jusque tard le soir sans relâche, et durant les cinq jours qui suivirent.

Au terme des cinq jours, il descendit le tableau du chevalet, le posa contre la paroi, et le regarda longuement.

C'était un portrait de son père en jeune patricien.

Il resta assis, les yeux sur la toile. Puis il prit un pinceau, signa d'un T au coin inférieur droit, retourna s'asseoir et la contempla à nouveau. C'était son tableau le plus délicat et le plus tendre. Il l'offrirait au maître, en remerciement pour ses paroles, et le ferait porter chez lui dès le lendemain.

Lorsqu'il se rendit compte que la pièce était dans le noir, il quitta l'atelier et se retrouva sur la place. Elle était déserte.

Il n'avait pas fait dix pas qu'une grappe d'hommes s'abattirent sur lui et s'agrippèrent, qui à un bras, qui à une jambe. Un instant plus tard, ils étaient trois ou quatre à le tenir plaqué au sol. Il sentit un pied posé sur sa poitrine. L'un des hommes, resté debout, tenait à la main une lanterne.

— Je n'ai pas un liard, fit Elie.

L'un des hommes lança :

— Ce qu'on veut de toi, c'est ce que tu as de plus précieux !

— Allez, lança une autre une voix, finissons-en !

Celui qui tenait la lanterne l'approcha du visage d'Elie :

— C'est bien lui.

Elie le reconnut. C'était l'un des hommes qu'il avait vus en compagnie de Tisi.

L'homme posa la lanterne à terre, ordonna : "Tenez-le bien !", défit la ceinture d'Elie, et d'un mouvement brusque tira son habit jusqu'à mi-cuisse. Puis il fit de même avec son caleçon et approcha la lanterne du sexe d'Elie :

— Vous le voyez ?

— *Che bel casso**, fit une voix rieuse.

— Ne fais pas l'idiot ! reprit celui qui portait la lanterne. Le juge t'interrogera. Que vois-tu ?

— Un sexe circoncis. Sans l'ombre d'un doute.

— Tout le monde a vu ?

— Vu, firent plusieurs voix.

— Alors on part ! fit celui qui tenait la lanterne.

* "Quelle belle pine" (en vénitien).

X

— Ils vont me mettre sous les plombs*.

De toutes ses forces et de toute sa maigre intelligence, Stefania essayait de comprendre ce que son mari venait de lui dire :

— Les Plombs, c'est pour les voleurs et les assassins ! Pas pour les peintres ! Pourquoi on te mettrait sous les plombs ?

— Pour hérésie.

Il avait dit ces mots avec douceur, comme s'il pouvait ainsi ne pas la heurter.

— Mais (elle secoua la tête à plusieurs reprises, comme pour dire non)… une hérésie, c'est contre la religion ! Tu n'es pas contre la religion !

Sa voix tremblait.

— C'est le crime de celui qui se fait passer pour chrétien. J'ai dit que j'étais chrétien et je ne le suis pas.

— Tu n'es pas chrétien ?

Elle avait parlé en chuchotant. Elle n'était pas coiffée et il remarqua que le sommet de son crâne avait des traces de calvitie.

Il fit non de la tête et elle le regarda avec dans les yeux un mélange d'angoisse et d'incompréhension :

— Mais comment, tu n'es pas chrétien ?

— Je suis juif.

* Le bâtiment des prisons avait un toit en plaques de plomb. A Venise, "être sous les plombs" voulait dire être en prison.

C'était impossible ! Le mari ne pouvait pas être juif ! Elle allait se réveiller, Teresina lui donnerait un bain, elle la savonnerait partout, elles joueraient à la petite souris, et après tout irait bien. Elle devait attendre de se réveiller, voilà tout…

Mais le réveil ne venait pas…

— Juif… Comme Rachel, celle que tu peignais ?

— Comme elle.

Stefania ne comprenait rien à cette histoire de juifs.

— Elle est morte, ajouta Elie.

— Morte ? Mais comment, morte ?

— On l'a assommée, et puis on l'a jetée dans le canal.

Elle le fixa, les yeux écarquillés. Puis son regard se perdit dans le vide. Ils restèrent silencieux de longues secondes. Soudain, les sourcils froncés, Stefania se mit à secouer la tête avec véhémence :

— Teresina m'a dit que j'ai bien fait de parler à Leonora ! Tu peux lui demander ! Elle a même dit qu'Achille est bien trop important pour s'occuper d'une petite juive de rien du tout ! Elle l'a dit !

Il lui caressa les cheveux :

— Tu as eu raison de lui parler. Ne t'en fais pas.

XI

L'air du matin était déjà opaque, comme celui d'août.

Lorsqu'il arriva à l'atelier, il n'y avait encore personne. Il se rendit à son *studio* et s'assit face au portrait de son père.

A huit heures, il les entendit arriver. Il demanda que le portrait soit porté au maître sans tarder. Puis il alla dans chacune des pièces de l'atelier. Les apprentis lui posèrent des questions, à propos d'un glacis, ou sur une couleur à refaire, ou encore sur un fond à réparer.

Il répondit à leurs questions, retourna dans son *studio* et constata que le portrait avait été enlevé. Cela lui procura un apaisement.

Il s'étendit, ferma les yeux, et imagina ce qui l'attendait. Peu après neuf heures, il serait dénoncé à Scanziani, le juge inquisiteur. A dix heures, le procès-verbal serait établi. A onze heures, son inculpation serait décidée. On viendrait l'arrêter peu après.

Il pensa à Scanziani, toujours fringant dans son aube de lin blanc. Un jour qu'ils s'étaient retrouvés côte à côte, il avait été frappé par la finesse du tissu et s'était dit qu'il l'aurait peint à la pointe du pinceau, comme on peint une miniature.

Il entendit sonner la demie de neuf heures. Maintenant, les hommes de Tisi devaient être chez Scanziani. Il les imagina, essayant de réprimer leurs rires.

A combien viendraient-ils pour l'arrêter ? Allait-on lui mettre les fers aux mains ? Aux pieds ?

Il entendit sonner dix, puis onze, douze, et puis un, deux, jusqu'à sept, et personne ne vint.

Dans les couloirs, les apprentis se saluaient et quittaient l'atelier. Peu après neuf heures, il décida de rentrer.

L'air était plus épais encore que le matin, avec des relents de soufre et de vinaigre. Il s'en emplit les poumons, les yeux clos, et choisit de retourner chez lui par un itinéraire inhabituel. Sans raison particulière, il passa par le campo San Polo et le campo San Stin. Sur le canale della Chiesa, deux adolescents riaient et s'injuriaient pendant qu'ils déchargeaient des marchandises à partir d'une barge. L'un des garçons lançait les ballots et l'autre les attrapait au vol, sur le quai. Elie s'arrêta et les observa. Pas un seul jour de toute sa vie, il n'avait jamais connu une telle liberté.

A Cà Ronchi, Teresina l'attendait, l'air affolé. Stefania était encore au lit. Elle n'avait voulu ni manger ni boire de la journée.

— Elle a fait ses besoins sur elle, ajouta Teresina.

XII

Guelfo Scanziani quitta le couvent de Zanipolo d'un pas pressé, à la fois pour fuir les odeurs de Cannaregio et parce qu'il était conscient d'avoir belle allure lorsqu'il marchait à grandes enjambées.

Un soupçon de brise lui gifla le visage et il ferma les yeux de plaisir, histoire de profiter de l'instant, car sinon l'air avait des relents de latrines et le canal des Mendiants, qui longeait le couvent, était couvert d'excréments, de rats morts et de détritus.

D'un geste furtif, il caressa son aube à hauteur de l'épaule et réprima un sourire. Impossible de cacher le plaisir que lui procura ce contact. Décidément, le lin de Bruges était inégalable… Et cette coupe… Le petit Edoardino savait comme personne ajuster une aube aux épaules et la cintrer à la taille… Un artiste, cet Edoardino… Lorsque Scanziani était ainsi vêtu et qu'il gravissait à petits pas rapides les marches d'un pont, ou qu'il dépassait un attroupement en pressant le pas, il avait le sentiment de danser.

Sa vie aurait pu être celle d'un séducteur. Haut de taille et athlétique, il avait des traits délicats, et cette combinaison de force et de finesse faisait de lui un homme d'une beauté troublante, à la fois virile et féminine. Pourtant, en dépit de toutes ces facilités, les conquêtes l'attiraient peu. Et lorsqu'il s'y adonnait, c'était par savoir-vivre ou par ambition, jamais par goût.

Ce qui le définissait et, pour tout dire, ce qui l'obsédait, c'était la poursuite du beau. Il le voulait partout dans sa vie. Cela valait pour les soins qu'il apportait à sa garde-robe, pour l'ordre élégant dans lequel il tenait son appartement de fonction, à Zanipolo, et surtout pour les choses de l'esprit. Scanziani était un intellectuel hors norme dont la passion était le droit canon. Il y trouvait l'harmonie suprême : une construction implacable formulée avec élégance et astuce dans un propos suprême : la domination de toutes choses de ce monde par l'Eglise.

Sa fonction de juge inquisiteur au tribunal du Saint-Office le mettait en valeur, il le savait. A Rome, on parlait de lui. Sa réputation était celle d'un juriste féroce, capable d'interpréter le droit canon avec un opportunisme cinglant. On voyait aussi en lui un homme d'une loyauté sans réserve envers l'Eglise. Il attendait d'être nommé évêque. Mais il n'était âgé que de trente et un ans… Cela dit, l'affaire du Turquetto venait à point nommé. Tout le monde en parlerait… Il allait interroger, prouver qu'il y avait eu crime, dresser procès-verbal, incarcérer, peut-être même faire exécuter… Peut-être… A Venise, on tuait peu… Le nonce était d'une telle mollesse… Et puis le Turquetto n'était pas n'importe qui. Il saurait se défendre… Raconter des sornettes… Prétendre qu'une maladie vénérienne avait nécessité sa circoncision… Il fallait s'attendre à de la résistance… Cela dit, pour accéder à la vraie gloire, rien ne valait une belle bataille…

A nouveau, il réprima un sourire. Les cinq procès pour circoncision qu'il avait instruits s'étaient tous conclus par une condamnation. Il avait chaque fois suffi de faire examiner le prévenu par deux chirurgiens. Ils attestaient que l'ablation du prépuce datait de la naissance, après quoi le prévenu avouait très vite, de peur qu'en plus d'être condamné pour hérésie, il ne le soit aussi pour outrage au tribunal.

De toute façon, ce procès était une occasion unique… Des personnages importants le verraient porter le fer : le patriarche, les membres du Conseil des Dix, le doge, le chancelier… Des gens d'influence… Bien sûr, si le tribunal avait été présidé par un nonce fort, les choses se seraient présentées autrement… Il aurait pu viser la pendaison… Ce Gandolfi n'était qu'un sentimental… Malgré tout, le procès allait faire du bruit…

Il finit par sourire franchement. Il n'y avait pas de raison que les choses aillent mal… Il avait toujours eu de la chance… A commencer par celle d'être né riche !

Son père était notaire à Bologne, comme l'avait été son propre père avant lui, si bien que, de façon naturelle, Scanziani entreprit des études de droit. Il les poursuivait avec talent et nonchalance lorsqu'un jour son chemin croisa celui de Paolo Bergamini, un clerc venu de Rome se perfectionner en droit canonique. Bergamini lui fit découvrir une matière bien plus subtile et mordante que le droit civil ou pénal. Scanziani se délecta de tant de ruse habillée par tant de foi. Et puis, par comparaison à la vie de notaire, celle des dominicains offrait une carrière aux horizons illimités. Une vie de puissance, de gloire et d'immenses honneurs pour qui avait la capacité d'accepter les contraintes d'une hiérarchie et le goût de comprendre ses mécanismes et ses failles. Alors il prononça ses vœux, présenta une thèse sur la querelle des Investitures, écrivit beaucoup sur des sujets difficiles, et acquit parmi les juristes de l'Eglise une réputation d'intransigeance.

Trois ans après qu'il eut présenté sa thèse, on le nomma professeur au couvent de Zanipolo, à

Venise. Et lorsque le pape sollicita le monastère pour qu'il délègue au tribunal du Saint-Office un nouveau juge inquisiteur, la nomination de Scanziani fut décidée sans que ne lui soit opposé aucun concurrent. Il avait vingt-neuf ans.

Depuis, les causes qu'il avait instruites s'étaient cantonnées à de petits délits. Des marranes qui continuaient de pratiquer la religion de Moïse, des femmes qui tiraient les cartes, des mages qui proposaient des onguents, quelques blasphèmes, rien de spectaculaire. Le cas du Turquetto, c'était autre chose…

Arrivé place Saint-Marc, il vit Tisi qui le guettait, l'air agité :

— On ne sait plus qui est qui dans notre République !

Scanziani lui serra la main mais ne répondit pas. Il n'en avait que faire, des avis de Tisi.

Au moment où il franchit le seuil du tribunal, un assesseur se leva :

— Le Turquetto a été arrêté, monseigneur.

— Tu me l'amènes, fit Scanziani.

Deux minutes plus tard, un sbire pénétrait dans son bureau suivi du Turquetto, d'un second sbire, et de l'assesseur.

Le Turquetto semblait serein, et cela mit Scanziani mal à l'aise. La vie de cet homme allait s'écrouler… Il aurait dû montrer de l'angoisse, et même du désespoir… Il se dit que cela n'allait pas tarder.

— Ilias Troyanos, dit le Turquetto. Tu es peintre, tu habites Cà Ronchi, tu as cinquante-six ans…

Scanziani leva les yeux en direction d'Elie, dans l'attente d'une réaction.

Elie le regardait sans répondre.

— Trois témoins affirment que tu es circoncis. Qu'as-tu à dire ?

— C'est juste, fit Elie.

— De quand date ta circoncision ?

— J'ai été circoncis à ma naissance. A Constantinople.

— Est-ce à dire que tu es de religion juive ou mahométane ?

— Juive, reprit Elie. Je suis né juif.

— Est-ce à dire que tu t'es converti à l'Eglise grecque, dès lors qu'ici tu t'es déclaré grec avant d'embrasser la foi romaine ?

Non, répondit Elie, il ne s'était jamais converti à l'église orthodoxe.

— Alors tu as menti sur ton identité ?

— J'ai menti.

Scanziani ne s'était pas attendu à des aveux si rapides. A nouveau il se sentit désemparé :

— Alors, ton identité, c'est… ?

Il n'arriva pas à terminer sa phrase.

— Elie Soriano.

— Tu n'es pas Ilias Troyanos ?

— Je voulais peindre. Chez nous…

— Je sais, coupa Scanziani, je connais les lois de l'Ancienne Alliance.

Il réfléchit quelques instants, griffonna durant près d'une minute, se relut, sembla compter les lignes, et enfin leva les yeux :

— Tu sais combien de lois et de décrets tu as violés ?

— Je suis conscient de mes actes, répondit Elie.

Scanziani secoua la tête :

— Ils t'accablent, le sais-tu ?

— Je m'en doute, laissa tomber Elie.

Scanziani reprit :

— Interdiction d'avoir une résidence hors du ghetto. Interdiction d'avoir des rapports avec une chrétienne. Interdiction d'enseigner quelque métier que ce soit. Interdiction de faire commerce en dehors de ceux réservés aux juifs. Interdiction de circuler sans béret jaune. Cinq délits graves, passibles chacun de un à dix ans de galères. Et puis enfin un crime pour lequel tu risques la mort : tu es entré dans notre religion en trompant l'Eglise. Durant plus de vingt-cinq ans tu t'es fait passer pour chrétien, feignant d'être un converti sincère. Tu es un hérétique qui a moqué l'Eglise de Notre-Seigneur Jésus-Christ en la souillant de tes œuvres. Reconnais-tu chacun de ces délits ? Reconnais-tu ce crime ?

— Je reconnais chacun de ces délits et je reconnais ce crime, fit Elie d'une voix posée.

— Alors je t'arrête pour hérésie et blasphème, fit Guelfo. Tu as droit à un avocat. Je le nommerai, comme notre Eglise me l'ordonne, car elle est juste. Et tu attendras ton procès sous les plombs.

Il le regarda quitter son bureau, entouré des deux sbires et caressa son aube d'un geste lent. Les choses se présentaient mal… Si cet imbécile de Turquetto commençait déjà à s'aplatir, où serait son triomphe ?

XIII

— Je voudrais vous raconter un peu de ma vie, fit Riccardo Scarpa, l'avocat nommé d'office. Cela nous permettra de créer la confiance, vous comprenez…

C'était un homme de petite taille, sans âge, aux cheveux bruns clairsemés et aux lèvres épaisses. Il avait d'abord étudié la théologie, avec l'idée d'entrer dans les ordres. Mais il avait changé d'avis au moment des vœux et entrepris des études de droit, "pour oublier les années de séminaire, vous voyez"…

Elie comprit que ce brave garçon allait s'enferrer dans des montages compliqués et le laissa parler.

L'avocat était marié. "Nous n'avons pas réussi à faire un enfant… Comme ma femme a quarante ans, les choses semblent jouées, vous comprenez…" Il était très fier d'avoir été choisi par le juge inquisiteur. La charge ne lui rapporterait rien ou presque, mais "la complexité du cas était passionnante, bien sûr"… Surtout, il se sentait honoré, très honoré, de pouvoir assister "quelqu'un d'aussi exceptionnel" que le Turquetto… et userait "de tous les arguments de théologie et de droit", et vraiment il plaiderait de tout son cœur.

— Vous avez admis vos fautes, ajouta Scarpa. Vous ne pouvez plus les nier… Malgré tout (il secoua la tête avant de reprendre)… j'ai pensé à une ligne de défense…

Il semblait joyeux, tout à coup :

— Je vais faire témoigner un rabbin ! Vous avez prétendu être chrétien et c'était mal, nous le savons. Mais pourquoi l'avez-vous fait ? Pour pouvoir dessiner ! Voilà notre ligne de défense !

Il montrerait que la faute en était à la religion juive. C'était elle qui avait empêché Elie d'exercer son art. Un tel argument recueillerait l'appui de l'Eglise, c'était certain.

Elie le regardait en silence.

— Vous voyez l'astuce ? Les trois juges constateront qu'il vous aurait été impossible de devenir peintre sans ce mensonge. Evidemment, je pars de l'idée que vous ne pouviez pas vivre sans exercer votre art, c'est bien ça ?

— C'est bien ça, laissa tomber Elie.

Le souvenir de ses discussions avec Rabbi Alberto lui revint. Et voilà qu'on voulait faire appel à un rabbin pour le défendre… L'idée lui sembla saugrenue.

— Par la voix d'un rabbin, nous arriverons à établir ce point précis, reprit Scarpa. Cela nous aidera beaucoup, vous verrez.

— Je m'en remets à vous, fit Elie d'une voix neutre. Je suis sûr que vous ferez au mieux.

XIV

Corrado, le gardien, lui avait proposé des accom-
modements : "Si tu me donnes de quoi, je vais
t'acheter de la vraie nourriture, un faisan, si tu veux !
Je peux aussi te trouver du linge propre et un lit !"

Elie avait décliné. Les conditions de vie sous les
plombs étaient celles-là et il devait les accepter.

L'air était fétide à tourner de l'œil. Les puces in-
festaient le sol, et la nourriture qu'on donnait aux
prisonniers, une sorte de galette terreuse dure sous
la dent, n'avait de nourriture que le nom. En plus,
la cellule dans laquelle il avait été placé se trouvait
à quelques pas de la salle des tortures. Ceux qui
subissaient l'interrogation avaient les mains nouées
derrière le dos au moyen d'une longue corde, reliée
à une poulie. La torture était la même pour tous.
Le bourreau tirait sur la corde, le prisonnier était
soulevé du sol, et les os de ses bras et de ses épaules
se brisaient les uns après les autres dans des cla-
quements qui résonnaient dans tout l'étage.

Etendu sur sa couche, Elie se réfugiait dans le
souvenir de son travail. Ses émotions, ses instants
de fraternité et de partage, il les lui devait tous.
Alors, au fil des jours et des nuits, il revisita toute
son œuvre. Pour chaque tableau, il rechercha le lieu
précis où il avait été peint, les copies qu'il en avait
faites et celles qu'il avait modifiées, pour en améliorer

le rendu ou pour les distinguer des autres. En trente-six ans d'activité, ses ateliers avaient produit plus de trois mille toiles, et il revécut son œuvre immense dans l'ordre où il l'avait créée. Il retrouva le détail de chaque commande, les étapes de son esquisse, le choix des modèles, les essais de couleurs et les repentirs. Il revécut pour chaque toile les émotions qui l'avaient traversé à sa conception, puis à sa mise en place, et enfin au moment où il l'avait peinte. Il se souvint du sentiment qu'il avait eu, chaque fois, de vivre la condition humaine, d'être une partie d'elle.

Il retrouva son œuvre, comme si elle était sous ses yeux. Il examina avec attention ici un visage, là un drapé, il repensa à une couleur qu'il avait particulièrement réussie, ou à une autre dont il avait été mécontent et qu'il avait dû corriger. Il se souvint de la première *Vierge à l'Enfant* qu'il avait peinte avec Rachel comme modèle, et de toutes les autres qui suivirent. Il les recensa et arriva au chiffre de quarante-huit.

Il vivait ensuite quelques secondes intenses au cours desquelles il regardait chaque toile comme s'il la découvrait. Il s'en imprégnait avec autant de force qu'il le pouvait, puis en prenait congé pour toujours et passait à la suivante.

Souvent, son émotion le submergeait. Il quittait alors ses toiles et, les yeux fermés, effectuait les exercices de respiration que lui avait enseignés Djelal Baba. D'autres fois, il s'imaginait un calame à la main, en train de recouvrir une feuille de courbes, de traits et de volutes. Le mot prenait forme sous ses yeux, comme pour de vrai, jusqu'à ce qu'il soit complètement calligraphié, au point qu'Elie sentait les mouvements de son bras, la tension de son corps, et même le rythme de sa respiration qui s'adaptait à ses gestes. Après quoi il expirait lentement, comme il l'aurait fait s'il avait réellement calligraphié le mot. Puis il retournait à ses toiles.

XV

— Ta requête est excessive ! s'exclama Gandolfi.
Venise n'a jamais connu ça !

Scanziani avait saisi la chancellerie d'une demande d'autodafé. Le Turquetto était un hérétique,
ses tableaux religieux étaient donc blasphématoires,
et la République ne pouvait pas laisser le blasphème
se perpétuer dans ses lieux saints. Quant aux œuvres profanes, elles n'étaient que des pièges du
Malin et devaient être détruites comme les autres.

— Tu vas brûler des chefs-d'œuvre ! reprit Gandolfi. C'est idiot ! Lorsque les gens regardent un
tableau, est-ce qu'ils se disent : "Moi, je veux bien
être ému, à condition que celui qui a peint cette
toile soit un bon catholique" ?

Il avait accompagné sa pensée d'un mouvement
de la main qui voulait dire : "A quoi on joue ?" Mais
sa voix manquait de force. Depuis deux jours, les
élancements n'avaient pas cessé. Il était à bout.

Scanziani se sentait en terrain sûr. Il ne faisait
qu'appliquer le droit de l'Eglise. Impossible de laisser
en place une œuvre blasphématoire.

Il lança d'un ton anodin :

— Qu'en dit notre doge ?

Ils étaient tous trois assis face à Gregorio Bevilacqua, le chancelier, dans une pièce modeste et
basse de plafond qui n'avait pour meubles que le
bureau occupé par le chancelier et trois chaises

185

disposées devant lui. Bevilacqua ressemblait à un petit garçon qui se serait mis à la place de son père. Pourtant, il était l'homme clé de la République.

Alvise Mocenigo eut un geste d'impuissance. Qu'avait-il à voir là-dedans ? Elle l'ennuyait, cette querelle. On ne l'avait pas fait doge pour trancher entre doctrines. S'il avait eu le goût des joutes religieuses, il serait rentré dans les ordres. Le nonce et l'inquisiteur n'avaient qu'à régler ce différend entre curés !

Il leva les deux mains :

— Mes amis, j'aurais préféré que vous vous mettiez d'accord entre vous… Moi, dans cette histoire… Enfin… Puisque tu insistes, résume ton argument, juge inquisiteur.

Scanziani lui répondit en regardant le chancelier :

— Mon argumentation est simple. Notre Eglise est fondée sur des règles. Si elle ne sanctionne pas leur violation, elle sera amenée à disparaître. Un homme s'est moqué de notre Eglise, et j'ajoute, même si cela te regarde plus que moi, chancelier, il s'est aussi moqué de ta République. Et il l'a admis !

Il laissa le silence s'installer. Aucun argument solide ne pouvait lui être opposé. Alors il reprit :

— Ces tableaux sont l'incarnation d'un blasphème. Ils ne peuvent pas rester dans nos lieux saints. J'imagine que tout le monde est d'accord. Si on les enlève, ce n'est pas pour les garder comme un trésor. Ce serait absurde. Ils doivent donc être détruits.

Le doge eut un geste d'impuissance :

— Vu sous cet angle…

Il se tourna vers Bevilacqua :

— Qu'en dis-tu, chancelier ?

— La demande du juge inquisiteur est recevable, répondit Bevilacqua.

— Et toi, nonce ?

Gandolfi ferma les yeux. Sa tête lui faisait vivre le martyre. Le mariage du Turquetto allait être déclaré nul, sa fille se retrouverait bâtarde, et lui, le nonce qui avait baptisé sa petite-fille, allait passer pour un crétin. Enfin… Ce n'était pas le plus grave. Il lui faudrait écrire à Rome… Expliquer… Et ce Scanziani qui venait faire l'intéressant avec ses histoires de loi… Il le savait bien, que l'Eglise avait des lois ! Il n'avait pas attendu que Scanziani le lui rappelle ! Un doctrinaire et un mondain, ce dominicain… Ce qui l'intéressait, c'était de se pavaner avec son droit canon en attendant d'être nommé évêque…

— Je comprends notre juge inquisiteur… J'admire son talent et son savoir… J'apprécie la clarté de sa vision… Oui, notre Eglise a ses lois, elles doivent être respectées.

— Je suis content d'entendre ces mots de ta bouche, fit Scanziani.

— Mais… ajouta le nonce. Mais… (Il laissa passer un silence.) Que veut notre Eglise ? Quelle est sa mission ? Appliquer des lois ou rassembler ? Condamner ou offrir la consolation ? A quoi devons-nous servir ? Regardez les hommes ! Regardez-les ! Dans les rues ! Sur les places ! De quoi ont-ils besoin ? D'être accueillis ! Rassurés ! Entourés ! Là est le rôle de notre sainte Eglise ! Apaiser nos fidèles ! Que nous disent les chefs-d'œuvre du Turquetto ? Que l'espoir existe. Qu'il y a en l'homme une parcelle inaltérable d'immortalité telle qu'elle est incarnée dans la Résurrection de Notre-Seigneur. C'est ainsi que nous devons recevoir nos fidèles, mon cher inquisiteur. En leur offrant la beauté et l'espoir, pour les consoler de leurs péchés. Pas en les assommant par des règles et des lois.

— Tu oublies la prière ! lança Scanziani.

— Et toi, tu oublies que je suis un homme d'Eglise et tu oublies que je suis ton aîné ! Et ton supérieur !

Maintenant, il voulait en découdre avec ce petit marquis de Scanziani :

— Observe les personnages du Turquetto ! Pas besoin de t'y arrêter des heures, je te sais très occupé… Une seconde suffit. Que lis-tu sur leurs visages ? L'amour ! La charité ! Et surtout cette qualité que personne ne donne plus aux saints : cette imperturbabilité (il avait prononcé le mot en s'arrêtant sur chaque syllabe), cette manière de dire à chacun : "C'est toi que j'attendais." Regarde les tableaux de nos autres peintres. Je parle des meilleurs, bien sûr. Oh ! Ils sont vivants, je le concède. Et bien faits ! Mais que voit-on ? Des visages passionnés ! Des regards inquiets ! La peur ! La terreur d'être pris de court par le destin ! Est-ce chez eux que tu irais chercher la consolation ?

Scanziani baissa les yeux. Le nonce laissa passer un bref silence, puis reprit.

— Le Turquetto nous a donné les images les plus chrétiennes… Qu'il soit condamné pour son mensonge, soit. Mais faut-il en plus que nous nous punissions nous-mêmes, en nous privant de son œuvre ? Ce serait absurde ! L'Eglise est là pour aider les hommes à porter leur fardeau, pas pour leur lire des articles de droit !

Il avait fait ce qu'il avait pu. Mais il était sans illusion.

Scanziani ne daigna pas répondre. Le chancelier semblait absent, les yeux fixés sur le plateau de son bureau. Le doge regardait le sol.

Finalement, ce fut lui qui rompit le silence :

— C'est au Sénat de décider. Cela dit… Il y a dans nos lieux publics et nos églises des œuvres blasphématoires. Elles doivent partir, nonce. Quelque belles qu'elles soient… Qu'en dis-tu, chancelier ?

— Peut-être qu'en rédigeant ici, ensemble, le texte du décret, nous pourrions arriver à un compromis ?

Gandolfi s'essuya du doigt la commissure des lèvres.

— Cet homme a triché, c'est vrai. Si tu présentes un tel décret au Sénat, il passera. Et c'en sera fini du Turquetto. Il sera effacé de nos églises, de nos mémoires et de nos cœurs. Mais ce serait un gâchis inouï.

— Et toi, chancelier, comment vois-tu le vote ?

— Unanime, laissa tomber Bevilacqua. Peut-être une ou deux voix contre, par humeur contre l'Eglise.

— Le peuple voudra justice, ajouta Scanziani.

— Et vengeance, surenchérit le chancelier.

— Je le pense aussi, reprit le doge. Nous ferons un autodafé de toutes les œuvres du Turquetto, des représentations sacrées comme des profanes.

— Il faut que nos églises soient nettoyées de cette souillure ! fit Scanziani. Je propose que l'autodafé soit fixé au troisième jour qui suivra le vote du Sénat.

— Pardonne-moi, inquisiteur, dit le doge. L'autodafé est aussi une peine pour le condamné. Du reste, que risque-t-il ?

— Pour chacun des cinq délits, des années de galères. Pour les blasphèmes, la mort.

Il y eut un silence.

Cent fois, mille fois, Gandolfi avait connu la rage, l'indignation, la révolte. Et bien sûr le découragement. Le doute le tiraillait au quotidien. Mais le sentiment qui à cet instant l'envahissait tout entier était nouveau dans sa vie d'homme de Dieu. Il était inondé de honte.

Il devait agir. Vite. Tout de suite ! Corrompre Scanziani. Sur-le-champ. A la seconde même.

Il posa la main sur le bras de Scanziani :

— Mes maux de tête me tuent… Accordez-moi une pause… Et toi, aide-moi à prendre l'air. Je vais tourner de l'œil.

Lorsqu'ils furent sur la place, Gandolfi posa à nouveau sa main sur le bras de Scanziani et le serra aussi fort qu'il put :

— Demain, j'écris au pape. Je lui demande de te nommer évêque. Et toi, tu oublies cette histoire d'autodafé. Le Turquetto a fauté et il doit payer, c'est juste. De toute façon, il allait bien mourir un jour. Condamne-le et je te soutiendrai. Mais laisse ses toiles en paix. Elles nous aident à vivre ! Elles remplissent nos églises de ceux qui viennent chercher l'apaisement ! Si tu les brûles, ce sont ces malheureux que tu punis. Tu les prives d'une consolation.

A la seconde même, Scanziani se vit évêque. Il imagina sa robe, la ceinture, la bague, les tissus, la coupe chez Edoardino, tout… Le droit canonique, c'était en quelque sorte la constitution de la sainte Eglise… Peu de gens étaient aussi qualifiés que lui pour en être le gardien… Il avait le savoir, le caractère, la prestance… Pour un homme de son intellect et de sa culture, évêque, ce n'était qu'une étape… La suivante serait d'être nommé cardinal… Après quoi, tout restait possible…

Alors il se racla la gorge, posa la main sur celle de Gandolfi qui serrait son bras et se vendit :

— Effectivement… Sous l'angle de notre mission…

Gandolfi le serra dans ses bras et l'assura qu'il écrirait au pape, et le soir même plutôt que le lendemain. Il parlerait de son travail et de son action dans des termes si élogieux qu'aucun doute ne pouvait subsister quant au résultat de sa démarche.

Lorsqu'ils retournèrent dans la petite pièce du chancelier, Scanziani fit avec brio une démonstration inverse de la précédente. A la réflexion, une condamnation pour blasphème, sans doute par pendaison, serait assez lourde. Alors il retirait sa demande d'autodafé. Après tout, comparée à la mort, ce n'était qu'une peine accessoire. Il fallait penser au bonheur ressenti par les fidèles devant les toiles du Turquetto.

Il y eut un silence gêné. Le doge haussa les épaules :

— Si c'est l'Eglise qui le dit…

— Alors on en reste là ? demanda le chancelier.

Personne ne répondit et les quatre hommes se quittèrent très vite.

XVI

— Ce sera pour demain.

Elie se redressa sur sa couche et resta figé, les yeux baissés.

Les procès duraient peu. Une demi-heure, une heure, selon le nombre de témoins, et la chose était réglée. Les affaires complexes se concluaient dans la journée.

— Peut-être aussi que ce ne sera pas ta dernière nuit, ajouta Corrado. Tu es un cas important, ton procès pourrait durer deux jours. Et puis il n'est pas sûr qu'ils te condamnent à mort. Ils ne l'ont jamais fait pour un juif. Tu as tes chances… Mais si tu as envie de parler, tu m'appelles. En principe, je n'ai pas le droit. Mais les dernières nuits…

— Ne le prends pas mal…

— Je comprends ! Je comprends ! s'exclama Corrado en levant les bras. Si tu changes d'avis, tu m'appelles !

— Entendu, laissa tomber Elie.

Durant trente-cinq jours et trente-cinq nuits, il avait revisité son œuvre, toile par toile. Il lui restait à revivre ses deux derniers tableaux. La *Cène* et *L'Homme au gant*. Venise et Constantinople. Sa vie à l'envers.

Il commença par la *Cène* et passa en revue chacun de ses personnages. Il s'arrêta longuement sur Titien peint en vieillard, puis il revit tour à tour les frères Bellini, Del Piombo, Giorgione, Carpaccio, le Tintoret, Bassano, Titien jeune… Durant tant d'années, il les avait admirés pour leur talent et leur savoir-faire, et se souvint de l'émotion qu'il avait eue à les représenter.

Il passa à *L'Homme au gant* et pensa aux arrêts entre Balat et le Han, lorsque la maladie de son père l'obligeait à se mettre au rang des mendiants et des portefaix.

S'il devait recommencer, il referait les mêmes choix. Sauf pour ce tableau.

Il s'en voulut d'avoir triché sur l'identité de son père. Et de n'avoir pas peint, en castillan, dans le coin supérieur droit du tableau, ces mots qui lui auraient rendu toute sa dignité :

Sami Soriano, employé d'un marchand d'esclaves à Constantinople.

XVII

— Procès de notre sainte Eglise contre Elie Soriano, connu sous le nom d'Ilias Troyanos, dit le
Turquetto.

Déjà, Gandolfi était prêt à défaillir. A la mi-août,
ses élancements étaient accompagnés de nausées.
L'air était si fétide que la porte de la salle d'audience
devait rester grande ouverte. Cela obligeait à placer deux gardes au fond du couloir, pour préserver
la confidentialité du procès, et Gandolfi avait le
sentiment d'être dans une sorte de passage malodorant, ce qui l'irritait et rendait ses maux de tête
encore plus insupportables.

Avec Scanziani et le patriarche, ils étaient assis
du même côté d'une table si petite que leurs robes
se touchaient. Gandolfi observa ses collègues. A sa
gauche, le patriarche était imperturbable. A droite,
Scanziani semblait tendu. Ce n'est pas l'issue du
procès qui le perturbe, se dit Gandolfi. C'est déjà
l'émotion de se voir en robe d'évêque. Dans un jour
ou deux, le Turquetto serait pendu et Scanziani ferait le beau : "Que croyez-vous ! L'Eglise n'est pas
là pour être moquée !" Venise lui reconnaîtrait la
paternité de l'ordre retrouvé. "Vous avez vu comment il règle le cas de ceux qui ne restent pas à leur
place ?" diraient les gens.

Les dominicains… Des hargneux qui aimaient
faire régner la terreur. Des vaniteux… Du reste,

Gandolfi les avait toujours détestés. Et ce Scanziani, avec ses aubes de lin blanc… Un danseur mondain et rien de plus. Au moins, il avait eu le mérite de se laisser corrompre. Mais fallait-il en arriver là ? Le Turquetto avait triché, menti et trompé, il était coupable d'hérésie, soit. Mais ce procès était stupide. L'homme qui avait donné au christianisme ses plus grands chefs-d'œuvre d'art sacré allait mourir pour le seul crime de ne pas être chrétien.

Au moins, se dit Gandolfi, son œuvre sera sauvée… L'idée le rassura durant un instant, puis il replongea dans le découragement, lut l'acte d'accusation avec nervosité, trébucha sur les mots à de nombreuses reprises, et enfin leva les yeux sur Elie :

— Elie Soriano, connu sous le nom d'Ilias Troyanos, dit le Turquetto, acceptes-tu les faits ?

— Je les accepte, répondit Elie.

Gandolfi se tourna vers Scanziani :

— Alors, que le juge inquisiteur s'exprime au nom de notre sainte Eglise et la défende.

— J'ai convoqué deux témoins, fit Scanziani. Je n'ai pas jugé utile d'appeler ceux qui ont attesté la circoncision, vu que celle-ci est admise.

Il jeta un coup d'œil oblique à Gandolfi. Avec des prélats comme lui, l'Eglise pouvait compter les jours qui lui restaient à vivre. Une caponne prête à être dévorée par les réformés, voilà ce qu'était devenue l'Eglise. Quoi d'étonnant ? Rome était peuplée de lâches… A commencer par ce nonce… Il le voyait venir, avec son discours larmoyant : "Il n'a rien fait que de peindre des chefs-d'œuvre… Sa seule faute aura été de naître juif, comme Notre-Seigneur… Regardez ces fidèles, comme ils sont transportés devant ses Madones et ses Christ sur la croix…" De la forfaiture déguisée en pensée.

— Produis ton premier témoin, fit Gandolfi.

Scanziani fit appeler Filippo Cuneo.

Lorsque celui-ci pénétra dans la salle, tête basse, Gandolfi le reconnut à peine. Les traits de son visage s'étaient relâchés au point que sa physionomie avait changé. Cuneo était un homme fini.

Cuneo raconta les événements qui suivirent le dévoilement de la *Cène*. La confrérie de Sant'Antonio l'avait démis de ses fonctions. Désormais, à son passage, les têtes se tournaient. Lui-même n'osait plus saluer personne, de peur de voir son salut ignoré. Et si à Venise il était devenu intouchable, c'était au Turquetto qu'il le devait, à lui et à ses dissimulations. A un homme en qui il avait placé une confiance sans réserve... Qu'il avait considéré comme le plus extraordinaire des peintres...

— Les juifs, conclut Cuneo, il faudrait les peindre en jaune tout entiers ! Cela permettrait de les reconnaître avant qu'ils n'entreprennent leurs manigances !

— Donne-nous les termes du contrat qui te liait au Turquetto, demanda Scanziani.

— Nous lui avons demandé de peindre la gloire de Venise dans la fidélité aux racines du christianisme...

Il secoua la tête trois quatre fois, très vite, et reprit :

— Et il nous a tous trahis ! Venise, l'Eglise, la confrérie, tous ! De la plus infâme manière !

— Tiens-t'en aux faits, intervint Gandolfi. En quoi consistait la commande ?

Cuneo précisa les modalités du contrat : dimensions de la toile, nombre de personnages, délai, émoluments, ainsi que quelques indications techniques sur la qualité des couleurs et leur provenance. Il insista sur la vigilance dont il avait fait preuve à chaque étape, et en particulier à propos de la judéité, en exigeant que les collaborateurs du

Turquetto soient tous de bons et vrais chrétiens. En conclusion, de tous les vauriens qu'il avait croisés dans sa vie, le Turquetto était le plus redoutable. Cet homme avait fait du mensonge son métier.

— Ainsi, résuma Scanziani, le contrat exigeait que personne, dans les ateliers, ne soit de confession juive. L'accusé a-t-il signé ce contrat ?

— Il l'a signé bel et bien, fit Cuneo. Devant moi. Et devant notaire.

— Il a donc été parjure, conclut Scanziani en s'adressant à Gandolfi.

— Je comprends, fit le nonce, je comprends… Mais à part cet aspect un peu technique, tu me pardonneras l'expression, inquisiteur, pour le reste, j'entends, la peinture elle-même, les délais, la taille, la facture, bref, pour l'essentiel, le contrat a-t-il été respecté ?

Scanziani se pencha vers lui et chuchota d'un ton qui se voulait complice :

— Ce n'est pas de cela que nous nous occupons, nonce…

Gandolfi ne réagit pas et regarda en direction de Cuneo, sourcils levés, dans l'attente d'une réponse.

— En un sens très étroit, oui, excellence, répondit Cuneo.

Gandolfi s'adressa à Scarpa :

— Tu as le droit d'interroger le témoin. Même si, en les circonstances…

— Je sais, fit Scarpa. Mon client ne nie pas les faits. Pourtant, quelque chose me chiffonne… Il me semble… je parle sous la réserve de mon ignorance en matière de tableaux et de contrats, j'imagine qu'il n'est pas habituel d'inclure une clause de non-appartenance à la race juive… Le témoin a commandé des tableaux en grand nombre. A-t-il jamais eu recours à une telle clause, en particulier avec le Turquetto ? Sa confrérie avait déjà signé d'autres contrats avec lui, il me semble…

Cuneo resta silencieux, le regard à terre.

— Réponds, ordonna le nonce. Tu es au tribunal.

— C'était la première fois, fit Cuneo d'une voix blanche.

— C'est donc qu'il y avait des circonstances particulières, reprit Scarpa. Peut-on savoir lesquelles ?

— Nous le soupçonnions d'entretenir une liaison avec une juive, répondit Cuneo. A l'époque, nous ne savions pas que le Turquetto était juif. Nous voulions éviter un scandale. Comme celui qui a frappé Boccadoro et sa famille.

— Et que s'est-il passé ? insista Scarpa.

— Elle a été tuée, intervint Elie. Le lendemain du jour où j'ai signé le contrat, elle a été assommée et jetée dans le canal.

Gandolfi regarda le Turquetto avec une curiosité soudaine :

— Une coïncidence surprenante, non ?

Elie resta silencieux.

— Encore une fois, souffla Scanziani au nonce, ce n'est pas le propos !

Gandolfi leva la main :

— Si tu permets, inquisiteur, c'est moi qui préside les débats.

Il demanda à Cuneo s'il avait des soupçons à propos de cette mort. S'il s'agissait d'un assassinat commandité, par qui ? Et dans quel but ?

Les yeux au sol, Cuneo répondit qu'il n'en savait rien.

— Au fond, il tombait bien, ce crime ! fit Gandolfi. Tu souhaitais que le Turquetto mette un terme à sa liaison, quoi de plus sûr que de faire tuer l'amante ?

Cuneo resta silencieux, les yeux toujours à terre.

Le nonce demanda à Elie en quelles circonstances il avait appris la mort de la juive.

— Deux jours après que Cuneo m'eut mis en demeure de ne plus revoir Rachel, la police est venue m'annoncer qu'elle avait été tuée.

Ainsi, se dit Gandolfi, Tisi n'avait pas eu à lever le petit doigt. Pris dans sa vanité, Cuneo avait commandité le meurtre de la juive et poussé le Turquetto à la révolte.

Il resta quelques instants la tête entre les mains, puis il congédia Cuneo et fit appeler le second témoin. C'était Achille.

— C'est une autre facette de ce criminel que je souhaite éclairer par la présence de ce témoin, fit Scanziani.

Au-delà de ses crimes à l'égard de la sainte Eglise, le Turquetto méritait d'être jugé pour cruauté. Sa femme Stefania avait perdu la raison et vivait désormais dans un état de prostration. Quant à sa fille, elle avait dû quitter Venise.

— Durant tant d'années, demanda Scanziani à Achille, votre épouse, votre belle-mère, vous-même, n'avez-vous jamais soupçonné le Turquetto d'hérésie ?

— Le témoin ne peut se prononcer sur les sentiments d'autrui, intervint Scarpa.

— Je souhaite malgré tout répondre, fit Achille.

— Donnez votre sentiment et rien de plus, trancha le nonce.

— Cet homme nous a menti, reprit Achille. Il nous a plongés dans l'opprobre. Ma belle-mère a perdu la raison. Ma femme est partie à Ferrare où elle vit avec notre fille. Comment pourra-t-elle un jour retourner à Venise et affronter les regards ? Aux yeux de notre sainte Eglise, elle est désormais bâtarde ! Et fille de juif ! Vous voyez le désastre ?

— Merci, fit le nonce.

Mais Achille n'avait pas assouvi sa rage. Le regard mauvais, il demanda l'autorisation d'ajouter quelques mots.

— Avec l'accord du président, fit Scanziani.

Le nonce haussa les épaules. Au point où ils en étaient…

Alors Achille laissa parler toute sa haine. Il fallait qu'il paie, ce rat. Qu'il crève ! Oui, il avait toujours soupçonné son beau-père. Depuis la première fois qu'il l'avait vu. Même son père l'avait mis en garde : "Cet homme me laisse une impression étrange, lui avait-il dit. Il n'est pas des nôtres." C'était un sentiment flou, mais quand même, ajouta Achille.

— De quoi le soupçonniez-vous ? demanda le nonce.

Il ne pouvait pas le préciser :

— Il me faisait penser à un rat. Vous savez, ces gros rats dont on ne sait jamais de quel côté ils vont filer. Il donnait l'impression de cacher quelque chose. Comme disait mon père, quand quelqu'un n'est pas d'ici, il n'est pas d'ici, voilà tout !

— N'était-il pas un bon mari ? demanda Scarpa.

— Non ! fit Achille. Toujours absent ! Et puis cette liaison avec la juive…

— Est-ce un délit ? lança Scarpa.

— Un chrétien ne peut avoir de rapports intimes avec une juive ! intervint Scanziani. Vous êtes avocat, vous devez connaître la loi !

— Mais le Turquetto n'était pas chrétien ! reprit Scarpa, cachant mal la joie d'avoir enfin marqué un point. Il ne pouvait pas l'être dans ses rapports avec une juive s'il ne l'était pas autrement !

— Merci, fit Gandolfi, on a bien compris.

Achille se tourna vers Elie, le regarda avec dépit et quitta la pièce. Le nonce demanda à Scarpa si la défense avait des témoins.

— J'ai demandé à plusieurs apprentis du Turquetto… A plusieurs peintres, aussi… Aucun n'a voulu venir. Voici donc mon seul témoin, fit Scarpa en se dirigeant vers le couloir d'où étaient venus Cuneo et Achille.

Il laissa passer un homme d'une trentaine d'années, roux, haut de taille et très gros. Il portait une barbe d'un roux plus rouge encore que celui de ses cheveux. Son habit était noir et il avait la tête couverte d'un chapeau noir à large bord, qu'il ôta, sous lequel il portait une calotte, noire elle aussi. Il transpirait beaucoup.

— Moshe Benardouth, rabbin au ghetto, annonça Scarpa à l'intention du nonce.

— Je le connais, dit le nonce. Il vient souvent témoigner. Je te salue, Benardouth.

Scarpa se tourna vers le rabbin :

— Dis-nous la loi des juifs sur la représentation des êtres et des choses.

— C'est la loi de l'Exode, fit Benardouth. Elle est reprise dans le Deutéronome.

Il s'interrompit, s'épongea le front et le cou, puis regarda Scarpa :

— Je continue ? Elle dit : "Tu ne feras point d'image taillée ou d'image de représentation des choses du ciel et de la terre. Tu ne représenteras rien ni personne. Même la pierre de l'autel construit pour louer le Seigneur ne subira pas les coups du silex."

Il regarda les trois hommes assis devant lui et se dit qu'il ne détestait rien plus que d'aller au tribunal des chrétiens. Il s'y sentait plus étranger encore que dans les rues de Venise. Mais il y avait un juif à sauver, et il était venu.

— Merci, conclut le nonce. Nous connaissons l'Ancienne Alliance et ses exigences… Tu peux disposer, rabbin.

— Un instant ! intervint Scanziani.

Il regarda le nonce en souriant :

— Vous permettez ?

A la façon dont Scanziani avait dit ces mots, le nonce comprit qu'il allait procéder à la mise à mort. Ce crétin d'avocaillon avait voulu jouer au plus fin et l'autre allait le piéger en artiste.

— Pour nous qui sommes de la Nouvelle Alliance, dit l'inquisiteur d'une voix douce, je voudrais que tu nous rafraîchisses la mémoire…

Il se tourna vers le nonce :

— Si j'ose demander…

— Fais, répondit Gandolfi, fais…

C'était la fin.

— Donc, rabbin, reprit Scanziani, si l'un des tiens se mettait à vénérer d'autres dieux que le vôtre… S'il incitait autrui à le faire… S'il les représentait… Quel châtiment lui réserveriez-vous ?

Dans la seconde, Scarpa comprit que son client serait pendu.

Le rabbin était blanc :

— Pour chacun de ces crimes, il serait puni de mort.

— Ainsi, poursuivit Scanziani d'une voix toujours douce, si ce tribunal n'était pas celui des chrétiens mais celui des juifs (il s'arrêta quelques secondes), je dis bien : celui des juifs, et que vous aviez à juger le Turquetto pour le même, je dis bien (à nouveau il fit une pause) le même crime exactement que celui pour lequel il comparaît ici, à quelle peine serait-il condamné ?

Il y eut un long silence.

— Tu dois répondre, rabbin, fit le nonce.

Un juif ne doit jamais aller chez les chrétiens, se dit Benardouth. Ces gens sont le diable. Ils t'appellent en te disant que tu vas sauver un des tiens, et tu te retrouves à le pendre de tes mains.

Il secoua la tête en silence.

Gandolfi eut un geste d'impuissance :

— Tu dois répondre, rabbin. Quel que soit ton embarras.

— Nous le condamnerions à mort, lâcha Benardouth. Même si pour ces choses, nous qui n'avons pas de terre, devons appliquer la loi de ceux qui nous hébergent.

Scanziani eut un franc sourire. Ce rabbin était un vrai cadeau :

— Je comprends. Eh bien, imaginons que vous êtes sur une terre à vous, que vous jugez le Turquetto ici présent, selon vos lois, c'est-à-dire (il se tourna vers Elie) selon les siennes. A quoi l'auriez-vous condamné pour les crimes que nous lui reprochons ?

Cet homme est un chien, se dit Benardouth. Il secoua la tête, s'essuya à nouveau le front, puis ajouta d'une voix terne :

— Votre Eglise a ses lois. Nous avons les nôtres. Il serait lapidé.

Le nonce se tourna vers Scarpa :

— Avocat, as-tu d'autres questions à poser à ton témoin ?

Scarpa ne réagit pas.

— Et toi, juge inquisiteur ?

— Aucune, fit Scanziani. Vraiment aucune.

Il ne souriait plus. Il avait réussi son coup avec une élégance inouïe. Faire condamner un homme à mort par son propre témoin à décharge… Qui d'autre pouvait prétendre à un tel talent ? Personne. Tout simplement personne. On dirait : "Ce Scanziani, il est très fort… Il fait pendre sans même lever le petit doigt…" Et de cela il était si heureux, si immensément heureux, que ses sentiments étaient au-delà de ceux que pouvait exprimer un sourire. D'un coup, il se sentit maître de tout. Du tribunal.

De Venise. Des inquisiteurs. Bientôt il serait évêque. Il était déjà évêque. Il était même ailleurs. Là où d'autres défis l'attendaient. Plus spectaculaires. Et tous à sa portée, bien sûr…

— Allons de l'avant, reprit le nonce d'une voix lasse. Requiers, juge inquisiteur.

Les yeux fixés sur Elie, Scanziani reprit les chefs d'accusation un à un et rappela, pour chacun, la peine qui était usuelle :

— En résumé, nous avons accueilli cet homme. Nous lui avons permis d'entrer dans nos maisons. Et qu'avons-nous reçu en retour ? Un crachat au milieu du visage. Un blasphème, qui s'étale sur les murs de nos églises, de nos couvents et de nos confréries.

Il aurait pu porter l'accusation au nom de l'Ancienne Alliance, par fidélité à l'héritage que lui devaient les chrétiens, comme l'avait si justement rappelé le Turquetto dans sa sainte *Cène*… De l'aveu du rabbin, cet homme n'avait fait que déranger. Il avait pollué la sainte Eglise de ses œuvres blasphématoires. Il avait menti à sa femme et l'avait menée à la folie. Il avait menti à sa fille et à sa petite-fille, à laquelle, dans sa générosité, le nonce, ici présent, avait donné le baptême… Il avait trompé tout le monde. Juifs et chrétiens, orthodoxes et catholiques, sa famille de Constantinople et celle de Venise, sa femme et sa maîtresse, la chrétienne et la juive. Tous.

Il laissa passer un silence :

— Cet homme souille tout ce qu'il touche. Il nous force à nous protéger de ses agissements, et je parle au nom de notre sainte Eglise autant qu'en celui de la République. L'ordre des choses doit être respecté. L'ordre des choses… Voilà pourquoi je demande (il laissa passer quelques secondes de silence) que le Turquetto soit pendu.

Il se rassit.

— A toi de parler, dit le nonce à Scarpa. Défends ton client.

Scarpa se leva et pointa le Turquetto de son index :

— Cet homme est devant vous…

Soudain, sa voix dérapa. Il s'arrêta, et se racla la gorge. Au moment où il s'apprêtait à reprendre la parole, Elie lui glissa :

— Tu feras de ton mieux, avocat. J'en suis certain.

— Cet homme est devant vous pour une seule raison, reprit Scarpa d'une voix mal assurée. C'est un étranger qui n'a pas voulu le rester. Il a tout fait pour être comme les autres. S'il a menti et triché, c'était pour cela.

A nouveau Scarpa s'interrompit, laissa passer quelques instants, les yeux fixes devant lui, sans bouger, puis poursuivit :

— Il a eu tort de le faire. Mais il nous a comblés. Il nous a apporté la consolation.

— Il a violé l'ordre établi, lança Scanziani avec dédain.

Scarpa regarda le nonce :

— Puis-je reprendre ?

Gandolfi eut un geste de la main.

— Sans être étranger, enchaîna Scarpa, aurait-il pu exprimer la foi chrétienne de façon si universelle ?

— Il a menti ! lança Scanziani. Il s'est moqué de notre Eglise !

Le nonce l'interrompit :

— Laisse parler l'avocat.

— Il a compris la solitude, celle de chaque être humains. Et il l'a exprimée avec compassion et humanité. Il n'a rien voulu faire qui soit mal, conclut Scarpa. Il mérite le pardon.

— Le christianisme est là pour pardonner aux siens ! répliqua Scanziani. Pas aux hérétiques !

— Allons, intervint le nonce, qu'on en finisse. Avocat, as-tu autre chose à dire ?

— Je demande la clémence.

— Et toi ? reprit le nonce à Elie. As-tu quelque chose à ajouter ?

Il secoua la tête. Tout avait été dit.

Le nonce se pencha en direction du patriarche. Ils échangèrent quelques paroles à voix basse et le prélat hocha la tête en signe d'assentiment. Puis le nonce se tourna vers Scanziani et lui glissa quelques mots à l'oreille, très vite. Après quoi il regarda Elie :

— Je vais émettre notre sentence, Turquetto. Lève-toi.

Elie se leva, Scarpa fit de même.

— Ilias Troyanos, dit le Turquetto, demain à la tombée du jour, tu seras pendu.

— Et dès que tu auras rendu l'âme, ajouta le doge, ton œuvre sera brûlée sur la place.

— De quoi parles-tu ! s'exclama Gandolfi. La demande d'autodafé a été retirée ! Devant toi !

Il se tourna vers Scanziani :

— De qui se moque-t-on ?

Le doge eut le geste d'apaisement qu'il aimait tant :

— C'est le chancelier qui a introduit la demande au Sénat. Avec mon accord, et même, je te le dis, mon soutien. Le décret a été voté il y a deux jours.

Les yeux plantés dans ceux du doge, Gandolfi resta silencieux. Il n'était pas sorti de chez lui à cause des migraines…

Le doge se perdit en explications. Il n'avait rien pu faire… Le chancelier avait toute compétence… Le décret présenté au Sénat avait été voté à l'unanimité.

— C'est rare, l'unanimité, au Sénat. Disons, à ma connaissance, ça n'est jamais arrivé…

— C'est un décret stupide ! fit Gandolfi. Tu brûles les toiles, et après ? Qu'est-ce que tu as de plus ?

— La raison d'Etat, répondit le doge. La raison d'Etat…

La loi avait été violée. Une demande d'autodafé avait été introduite par le chancelier. Il n'avait pas eu le choix. Conserver les toiles du Turquetto, c'était bafouer l'Eglise. Le pape en aurait tenu rigueur à la République.

Gandolfi regarda Scarpa :

— Tu étais au courant ?

— Depuis hier, répondit Scarpa. Et mon client depuis ce matin.

Il se tourna vers Scanziani et le foudroya du regard :

— Qu'en dis-tu ?

— Je n'y suis pour rien, fit Scanziani, les yeux fuyants.

Gandolfi approcha sa tête de celle de Scanziani, jusqu'à ce que sa bouche touche presque l'oreille de l'inquisiteur, et siffla :

— Tu n'es qu'un fils de putain.

Puis il se tourna vers le Turquetto :

— Et toi, qu'en dis-tu ?

— J'accepte la sentence, répondit Elie.

XVIII

Le regard à terre, Gandolfi se dirigeait vers la non-ciature d'un pas lent. Au moment où il arriva de-vant Santa Maria Formosa, il s'arrêta. Il était à la fois épuisé, dégoûté, et en colère. Cet homme est un crétin, devaient se dire les gens qui le croisaient. Un paysan mal dégrossi qui s'est fait berner par des bourgeois habiles et ambitieux.

Il resta immobile devant l'église, les yeux dans le vide. Que pouvait son Eglise face à toutes ces am-bitions ?

Tout à coup il rebroussa chemin et se mit à mar-cher très vite. Il traversa l'esplanade Saint-Marc, passa le pont San Moisè, poursuivit d'un pas vif jusqu'au campo Santo Stefano, grimpa par deux les marches de Sant'Antonio et se retrouva au pre-mier étage de la confrérie, essoufflé et baigné de sueur.

Le réfectoire était vide. Il s'assit sur l'un des bancs et resta figé, les yeux à terre. Lorsqu'il retrouva son souffle, il leva lentement la tête et regarda la *Cène*.

C'était cela, être chrétien. Attendre l'autre. Comme le faisait le Christ du Turquetto. L'attendre avec une patience infinie. Lui dire : Je te prendrai dans mes bras et je te dirai que nous sommes seuls, toujours, toi, moi et les autres, tous autant que nous sommes. Seuls jusqu'au jour du Jugement dernier. Seuls et inconsolables de tant de solitude.

Il remarqua que ses joues étaient baignées de larmes et les essuya de la main sans quitter la toile du regard. Le lendemain à la même heure, elle partirait en fumée.

Il devait réagir. Se rattraper de sa naïveté. Et il n'y avait à cela qu'une seule voie. Si les toiles du Turquetto devaient brûler, au moins qu'il puisse en peindre d'autres. Ailleurs. Il devait l'aider à s'échapper.

Il se leva, quitta Sant'Antonio et courut vers la prison.

XIX

— Je suis le nonce, fit Gandolfi à Corrado. Mène-moi au Turquetto ! Vite !

Il était à bout de souffle, fébrile et baigné de sueur.

Le gardien prit peur :

— S'il y a un problème, vous taperez de la canne contre les barreaux, n'est-ce pas ?

— C'est bon, lâcha Gandolfi, avance !

Lorsqu'ils furent arrivés devant la cellule d'Elie, le gardien hésita.

— File ! lança Gandolfi.

Quand il fut face au Turquetto, il le regarda avec colère :

— Tu ne pouvais pas peindre une Cène sans créer la polémique ?

Elie eut un mouvement des épaules.

— Qu'est-ce que ça veut dire (le nonce imita deux fois son geste, avec dérision) ? Tu as perdu ta langue ?

— Ça m'est venu comme ça.

— Comme ça ! Comme ça ! Des sornettes !

— Le Christ était juif…

— Je le sais bien qu'Il était juif. Et Rachel aussi ! Et toi aussi ! Que veux-tu que cela me fasse ? Tu n'avais pas un autre moyen de te débarrasser de tes obsessions ? Tu avais besoin de les mêler à ta peinture ?

Il eut un soupir de dépit :

— Le temps qu'il a fait hier m'importe plus que de savoir si tu es juif ! Ton mensonge était parfait !

Il y eut un silence.

— J'ai peint la vérité, fit Elie d'une voix lasse.

— La vérité ! La vérité ! Tu sais ce que c'est, toi, la vérité ?

— Ce qui s'est passé, répondit Elie. Ce n'est pas Cuneo qui a tué Rachel. Ni même ses hommes de main. C'est tout Venise. Ils l'ont tuée parce qu'elle était juive. Comme le Christ. C'est ce que j'ai peint.

— Encore des sornettes ! La seule vérité, c'est celle qui rend aux gens la vie plus douce ! Tu as blasphémé, et alors ! Tu sais ce que ça veut dire, blasphémer ? Tu parles le grec, il me semble ?

Elie fit oui de la tête.

— Alors ! Qu'est-ce que ça veut dire ? Dis-le !

— Nuire à la renommée.

— Nous y voilà ! Pas insulter Dieu ! Pas cracher sur la croix ! Bavarder, et rien de plus ! Dans sa vanité, notre Eglise fait passer sa renommée avant ses bienfaits !

Il fixa Elie et chuchota :

— Je vais organiser un repas. Tu auras la possibilité de t'échapper. Reste attentif. Et surtout ne bois pas. Tu m'as compris ?

Il tapa de sa canne sur le barreaudage. Corrado arriva :

— Je vous accompagne ?

Les yeux dans ceux d'Elie, le nonce ne bougea pas.

— La dernière nuit, c'est toujours difficile, ajouta Corrado à l'intention du nonce. Mais je suis là. Si le Turquetto veut parler...

— Je veux partager son dernier souper, fit Gandolfi au gardien.

— Je ne sais pas si c'est dans le règlement...

— Je m'occupe de tout. Ne t'en fais pas (il lui glissa deux pièces d'or dans le creux de la main). As-tu dix gredins qui attendent d'être jugés et risquent la mort ?

— Quatorze, monseigneur, peut-être plus.

— Installe une longue table dans ce vestibule. Je ferai porter à manger et tu feras venir dix gredins. Pas plus. Et pas moins. Le Turquetto viendra. Toi aussi. Et moi.

Il fit mine de partir, puis se retourna :

— Lorsque les gardes d'en bas verront arriver un festin, ils en voudront aussi. Je veillerai à ce qu'il y en ait assez pour tous.

XX

— Cinq ici, cinq là, et au milieu le Turquetto, fit Corrado.

Il avait dressé la table dans un corridor après avoir mis bout à bout deux planches longues et étroites, si bien qu'il n'y avait de place pour s'asseoir que d'un seul côté. Lui et le nonce se mettraient en bout de table.

Sales et en guenilles, les dix prisonniers regardaient la nourriture sans comprendre. La nonciature avait fait porter douze gigots d'agneau, trois porcs braisés, huit loups grillés immenses et six plats de maïs en purée, sans compter les fioles de vin.

"Prépare pour trente, avait dit Gandolfi à son majordome, et choisis le meilleur." Pour le vin, il s'en était occupé lui-même et avait concocté un mélange de deux plantes, une pleine dose de mandragore pour l'effet anesthésiant, et une demi-dose de jusquiame, pour l'euphorie. Ainsi, le sommeil viendrait de manière lente et naturelle.

— C'est pour nous ? demanda Alfredo, un marchand de bois qui avait poignardé son beau-frère, un soir où les comptes de leur échoppe n'étaient pas bons.

— Pour qui d'autre ? rétorqua Corrado.

— Pour le pape ! lança Giulio, un violeur. Tu ne savais pas ? Il vient sous les plombs nous donner sa bénédiction avant que nous ne lui rendions notre âme ! Il vient vérifier la marchandise !

Il y eut quelques ricanements.

Corrado fit asseoir Elie en milieu de table :

— Vous attendrez que je revienne pour vous servir.

La précaution était superflue. Les prisonniers avaient les yeux fixés sur les monceaux de nourriture et les fioles, mais aucun d'eux n'osait se servir.

L'arrivée de Gandolfi créa l'incompréhension. Tout vêtu de blanc, il portait autour du cou une chaîne ornée d'une grande croix d'or et tenait à la main sa bure de franciscain.

— *Madonna santissima**, s'exclama Giulio, j'avais dit juste ! C'est le pape !

Le nonce leva la main dans un geste d'apaisement :

— Rassurez-vous, je ne suis pas le pape. Mon nom est Angelo Gandolfi. Je suis le nonce.

— C'est quoi le nonce ? lança un des prisonniers.

— Toi, fit Corrado, on ne t'a rien demandé.

— C'est un pape ! lança un autre.

Corrado gronda à nouveau.

— Ces questions sont légitimes, intervint Gandolfi, je vais y répondre.

Il s'assit, arrêta son regard sur chacun des prisonniers, et se demanda ce qui le distinguait d'eux. Lui aussi allait basculer dans la transgression. La veille au soir, il avait relu un petit pamphlet qu'il gardait caché dans sa bibliothèque. C'était un texte que le concile de Trente avait mis à l'index, intitulé *De principatibus*, "Des principautés". Son auteur un Florentin, affirmait que, s'il s'agit de faire le bien, la fin justifie les moyens. Gandolfi s'apprêtait à saouler. A corrompre. Déjà, il avait tenté d'acheter ce vaniteux de Scanziani, sans succès il est vrai. Ces manœuvres le dégoûtaient. Mais il se répéta que, par comparaison aux bienfaits qu'il allait apporter

* "Très sainte Vierge".

en permettant au Turquetto de peindre encore, le péché serait dérisoire.

A nouveau il parcourut les prisonniers des yeux et leva la main :

— Mes frères… Vous allez manger et boire. Faites-le sans vous presser. Remplissez-vous la panse. Etanchez votre soif. Après, nous parlerons. Allez !

Les prisonniers se précipitèrent sur la nourriture, mais ce fut d'abord sans la manger. Ils voulaient se la garantir avant qu'elle ne disparaisse. Chacun saisissait ce qu'il pouvait, qui un filet de poisson arraché à pleines mains, qui une pièce de gigot, qui un jarret de porc… Une minute plus tard, les grands plats avaient été vidés de moitié et les assiettes débordaient. Alors, avec devant eux ce qui ressemblait plus à un butin qu'à un repas, les prisonniers se mirent à engouffrer des monceaux de viande ou de poisson à une vitesse prodigieuse et engloutirent en un rien de temps la grande part de ce qu'il y avait sur la table.

Au bout d'une demi-heure, après avoir mangé plus qu'ils n'avaient mangé en un mois entier, leur rythme ralentit. Le vin aux plantes commença de faire sentir ses effets et leur élocution se fit lente. Ils se mirent à roter.

A nouveau, Gandolfi leva la main :

— Ecoutez-moi. Je vais vous parler de moi et de ce que je fais. Après quoi, chacun dira qui il est et quels actes il a commis pour être sous les plombs.

Il raconta son enfance passée sur les hauts plateaux des Abruzzes, expliqua la décision, qu'on avait prise pour lui, qu'il entre en religion, le souci qu'avaient ses parents qu'il ne meure pas de faim. Il parla de sa vie de prêtre, qu'il aimait tant, et donna des exemples de son travail.

Puis il se tourna vers celui qui était le premier à sa gauche.

— A vous maintenant. On commence par toi. Dis-nous ton nom et le motif de ta présence sous les plombs.

Le garçon était âgé de vingt ans à peine. Il regarda le nonce avec impertinence :

— Severino ! Meurtre d'une putain !

— Elles le sont toutes ! lança Giulio.

— Celle-là était spéciale !

— Raconte !

— Elle avait le cul des femmes de Bologne ! Une merveille de cul, rond et immense !

— Et tu l'as tuée, crétin !

Tous s'esclaffèrent.

Le nonce eut un geste d'apaisement et s'adressa au suivant :

— Toi.

— Primo, fit un homme petit et large de poitrine. J'ai violé.

Il réprima un rot.

— Arturo, murmura son voisin. Viol et meurtre.

— Giulio, viol, moi aussi. Mais pas meurtre. Seulement tentative de meurtre. Elle a réussi à s'échapper.

A nouveau plusieurs prisonniers éclatèrent de rire. Le nonce s'adressa au suivant :

— A toi.

— Martino. Meurtre de ma femme.

Il réprima un bâillement.

Gandolfi regarda Elie :

— Et te voici, Turquetto. Notre plus grand peintre...

Il balaya la table du regard :

— C'est à lui que vous devez ce repas. Pour que son dernier soir lui soit aussi doux que possible, j'ai fait porter les meilleurs mets. Et je vous ai fait venir, pour qu'il se sente moins seul.

Il y eut un silence.

— Turquetto, tu veux dire quelque chose ?

Elie fit non de la tête. Toute cette agitation lui paraissait inutile. Il avait fait ce qu'il avait à faire. Et puis il était fatigué. Il n'allait pas s'enfuir.

Le nonce regarda celui qui était assis à sa gauche :

— A toi, maintenant.

— Alfredo. Vol et assassinat.

— Et toi ? fit Gandolfi au suivant.

— Bruno. Règlement de comptes. Avec un voyou (il eut un hoquet)… pardon… (Il rit.) Je l'ai tué. Sans faire exprès, je le jure. Même s'il le méritait.

— Toi !

— Giacomo. Viol et meurtre d'une fillette perverse.

Il haussa les épaules :

— De toute façon…

Il ne termina pas sa phrase.

Le nonce regarda en direction des deux derniers.

— Domenico. J'ai tué un curé. Je l'ai étranglé.

Le garçon avait les yeux baissés.

— Que t'avait-il fait ?

— Il m'a enculé, mon père. Pendant des années, il n'a fait que m'enculer. Tout le temps. Je l'ai tué parce qu'il m'a trop enculé.

— Les curés, ils aiment les beaux garçons ! lança Primo.

Il y eut un éclat de rire général.

— De temps en temps, reprit Giulio, il y en a un qui préfère une belle chèvre !

A nouveau ils s'esclaffèrent. Gandolfi leva le bras :

— J'ai compris, j'ai compris…

Il se tourna vers le suivant :

— Et toi ?

— Niccolò. J'ai tué mon père. Il caressait ma sœur, alors je l'ai saigné à la gorge et je l'ai vidé de son sang.

Il y eut un long silence.

— Maintenant, dit Gandolfi, je voudrais que chacun réfléchisse à cette question : est-ce que les choses auraient pu se passer autrement ?

— Ce qu'il aurait fallu changer, c'est notre étoile ! lança Giulio.

— Pour changer d'étoile, il faut d'abord en avoir une !

C'était Niccolò :

— Si tu as un père qui baise ta sœur, où elle est, ton étoile ?

— Notre étoile, fit Giacomo, elle est au fin fond de notre cul.

— Nous n'avons pas eu de chance, reprit Giulio.

Il se tourna vers Gandolfi :

— Toi, tu as eu de la chance. Et tu viens nous faire la messe.

— C'est vrai, ça ! fit Alfredo. C'est facile de faire la messe quand on a eu de la chance !

— Tais-toi ! lança Corrado d'une voix pâteuse.

— Pourquoi tu viens nous narguer ? dit Domenico en se levant d'un air menaçant. Toi qui parles avec Dieu, dis-le-lui, que notre étoile, il nous l'a mise au fond du cul.

— Tais-toi ou je te renvoie en cellule ! intervint Corrado.

Domenico se rassit, le regard mauvais.

— Bien sûr, si on pouvait recommencer… lança Severino.

— Qu'est-ce que tu aurais fait d'autre ? demanda Alfredo.

— J'aurais baisé ta sœur, répondit Severino en éclatant de rire.

Alfredo haussa les épaules :

— Crétin ! Regarde en arrière de vingt ans. Qu'est-ce que ça aurait changé ? Tu aurais toujours été la même crapule !

— Exactement ! marmonna Domenico.

Maintenant, toute la nourriture avait été mangée. Il restait quelques fioles que les prisonniers vidaient avec lenteur. Corrado était endormi, la tête sur la table. Seuls Elie et Gandolfi se tenaient droit.

L'un des prisonniers releva la tête et s'adressa au nonce d'une voix pâteuse. C'était Giacomo :

— Toute ma vie, les yeux des gens m'ont dit : toi, à peine tu bouges, je t'abats.

Après quoi il posa la tête sur la table et s'endormit.

Gandolfi regarda Elie :

— Les gardiens d'en bas sont assoupis. Mon majordome est avec eux. Je vais partir. Je laisserai la porte ouverte. Revêts ma bure et enfuis-toi.

Il lui remit un petit sac de peau dans lequel il avait glissé dix ducats :

Elie resta impassible.

— La voie est libre, je te dis ! Pars !

Elie le regarda longuement, puis lâcha :

— Je reste.

Le nonce secoua la tête, les yeux ébahis :

— Je te dis que tu peux t'enfuir ! Continuer de peindre !

— J'ai fait ce que j'avais à faire, fit Elie. Je reste.

— Tu peux peindre encore ! Rendre d'autres gens heureux !

— J'ai fait ce que j'avais à faire, répéta Elie. Et puis je suis fatigué.

Il se leva. Gandolfi lui tendit sa bure, puis il le serra fort contre sa poitrine et partit.

XXI

— Tu as vu le monde ? demanda Corrado.

Enzo, le bourreau, un petit sec et volubile, répondit en chuchotant :

— Le crieur est passé trois fois… En plus, aujourd'hui…

Il voulait dire, sans que le condamné l'écoute, qu'avec une célébrité comme le Turquetto, il aurait plus de monde qu'il n'en avait jamais eu pour une pendaison.

Il se tourna vers le condamné :

— Es-tu prêt pour le grand voyage… ?

C'était la remarque par laquelle il aimait entamer son dialogue avec celui qu'il allait exécuter.

Les condamnés réagissaient toujours, et Enzo rapportait avec gourmandise leurs mots à sa femme, à ses fils, dans les auberges et à qui voulait bien l'écouter. Il découpait toujours son histoire en trois actes : la première phrase du condamné lorsqu'il se trouvait face à son bourreau, son comportement durant le trajet au gibet, et enfin ses dernières paroles avant qu'il ne rende l'âme. Enzo concluait toujours son récit par ces mots, dits sur un ton solennel : "Ainsi je le remis dans les mains de Dieu." Il était celui qui recueillait les dernières paroles de toute une vie, et, d'une certaine façon, cela le mettait en rapport avec l'au-delà, c'est-à-dire au-dessus des gens de sa condition. Là était la grandeur de son métier.

Enzo attendit une réponse, mais le condamné ne réagit pas, et il décida de ne pas insister.

— Tu l'as cagoulé trop tôt, glissa-t-il à Corrado. Il se sent déjà coupé du monde...

Il ne voulait pas considérer ce silence comme un échec personnel. Le Turquetto avait peut-être l'habitude de s'entretenir avec des princes plutôt qu'avec des gens du petit peuple, mais à quelques instants de la mort, il serait comme les autres. Il suffisait de patienter...

Il noua les mains du condamné et dit d'un ton sévère :

— Tu iras pieds nus. C'est la règle pour tous. Riches ou pauvres.

Il tenait à marquer son rang. Malgré le silence du condamné... Mais à nouveau il n'obtint pas de réaction.

— Moi, je te salue ici, dit Corrado.

Il prit le condamné dans ses bras et ajouta :

— Dieu te garde.

L'autre ne réagit pas, et Enzo se dit qu'il était sans doute trop ému.

Ils descendirent deux étages d'escaliers étroits et empruntèrent le long corridor qui débouchait sur la cour intérieure de la prison. L'homme se mit à tituber.

— Il faut avancer, lui glissa Enzo.

Le condamné ne bougea pas. Un garde le poussa dans le dos et il avança de deux pas, puis s'arrêta à nouveau.

— Avance ! lança le garde.

— Doucement, fit Enzo.

S'il voulait tout à l'heure recueillir une dernière confidence, il devait se montrer solidaire.

Sur la place, une foule immense les attendait. A peine apparurent-ils que des cris fusèrent de partout :

— Le voilà ! Le voilà !

— Hérétique ! cria une voix.

— Hérétique ! Hérétique ! reprit la foule.

— C'est lui ! cria quelqu'un. C'est le Turquetto !

Un enfant s'approcha, cracha sur sa chemise et fila. Un homme jeta une pomme qui l'atteignit à la poitrine et roula devant lui.

— Ne le prends pas mal, fit Enzo au condamné. Ils voient un gibet et ils accourent. Pour la plupart, ils ne savent même pas ce que tu as fait, si tu vois ce que je veux dire…

Il n'obtint pas de réponse mais se dit que le moment important était encore à venir, que ce serait une erreur d'insister maintenant.

A trois pas du gibet, l'homme s'arrêta.

— Avance, chuchota Enzo, c'est bientôt fini.

— Il se pisse dessus ! cria quelqu'un.

Enzo le saisit par le bras et l'aida à monter les marches :

— Les derniers pas avant le grand voyage…

Il lui passa la grosse corde et l'ajusta. Tout allait se jouer dans les prochaines secondes. Alors, les traits tendus, Enzo lança la question à laquelle tous réagissaient, tous sans exception :

— As-tu la foi ?

Oui ! s'exclamaient les condamnés à cet instant. Bien sûr qu'ils avaient la foi. Et pourvu que le Seigneur les accueille dans Sa maison ! Ils avaient même plus de foi qu'ils n'avaient jamais pensé avoir !

Il fallait que le Turquetto lui offre une réponse. Trois mots… Deux mots… Même un seul, dont il pourrait s'enorgueillir, un oui, car un non, ce serait impensable, mais pourquoi pas, ou alors une surprise énorme, quelque chose d'inattendu dont il pourrait ensuite parler avec exaltation, avant de lancer à la cantonade : "Vous vous rendez compte, à une minute d'être face au Seigneur, il m'a dit…"

Mais l'homme restait silencieux, et Enzo se dit que c'était perdu, raté, et tant pis, lorsque le désespoir lui insuffla une idée formidable. Il pensa au parti qu'il pourrait tirer de ce silence, qu'il avait là l'occasion d'asseoir son autorité, d'user d'expressions pleines de sagesse, telles que : "Vu le silence du Turquetto à cet instant… Selon ma propre expérience de ces situations… Cette attitude peut être considérée comme un aveu…", et ainsi de suite.

Puis à nouveau il changea d'avis. Rien, jamais, ne serait aussi fort que de vraies paroles… Alors, dans un ultime espoir, il regarda le condamné et lança, le cœur battant :

— Serais-tu prêt à recommencer ?

Alors l'homme tourna lentement la tête vers lui et rota.

Le cœur d'Enzo bondit. Il l'avait, son mot extraordinaire ! Un rot ! Formidable conclusion ! Devant la mort, les grands de ce monde étaient aussi vulgaires que le dernier des gueux… Si ce n'est qu'Enzo ne le comprenait pas vraiment, ce rot, on lui poserait des questions, bien sûr, et il ne saurait pas quoi répondre. C'était maintenant qu'il devait le comprendre ! Avant qu'il ne soit trop tard ! Alors il retourna à la charge, espérant de toutes ses forces que le Turquetto lui réponde, et lui demanda à nouveau, le cœur battant :

— Serais-tu prêt à recommencer ?

Mais Enzo ne reçut aucune réponse. Alors, décontenancé par cet homme dont il n'arrivait à déchiffrer ni les mots ni les pensées, il s'énerva, actionna la trappe avec plus de force qu'il n'en fallait, et la corde se tendit dans un bruit sec.

Le pendu gigota durant quelques secondes en mouvements désordonnés, puis il mourut, et son corps inerte continua d'être ballotté par des mouvements de va-et-vient qui s'atténuèrent vite.

La foule se défit, par petites grappes. Devant la basilique, deux gardes mirent le feu au bûcher, et aussitôt une nouvelle masse humaine se reconstitua sur le haut de la place et s'enroula autour du feu, lentement, comme une lave.

Les flammes montèrent d'un coup. Un "Aaah" ! s'éleva de la foule et le glas de Saint-Marc se mit à sonner, pendant que de toutes parts arrivaient les toiles du Turquetto. Elles venaient de Croce, de Cannareggio, de Santa, de San Polo, de Castello, de chaque quartier de la ville. En quelques minutes la place fut couverte de Vierges à l'Enfant, de Crucifixions, d'Annonciations, de Dépositions, de Lamentations, et les gens se retrouvaient avec les tableaux du Turquetto dans une intimité qu'ils n'avaient jamais connue et qui les désemparait. Un choc suivait l'autre. Le temps qu'une toile s'approche d'eux et se dirige vers le bûcher, ils en avaient une autre sous les yeux, puis une autre encore. Eclairés par la lumière douce de la fin août, les tableaux n'avaient jamais paru si beaux, ni leurs personnages si consolants, et l'on aurait dit que la Madone, le Christ et les saints étaient là, vivants, au milieu des hommes, des femmes et des enfants.

— Mon Dieu, fit une voix.

— Mon Dieu, répéta quelqu'un.

Les premières toiles se mirent à brûler, et avec elles les résines qui les recouvraient. L'odeur prenante de l'encens se répandit, d'abord autour du bûcher, puis sur toute la place.

— C'est un miracle ! cria une voix.

Une femme se mit à genoux et se signa. Une autre se mit à pleurer. L'homme qui était près d'elle fit de même, et leurs voisins les imitèrent. Une vieille, venue avec un enfant de quelques mois, le sortit de son couffin et le montra aux flammes :

— Bénissez cet enfant, Seigneur, et purifiez-le du mal !

Après quoi elle posa l'enfant dans le couffin, éclata en sanglots et s'agenouilla.

Par petits groupes, une portion de la place s'agenouilla, puis une autre, et une autre encore. Maintenant ils étaient tous à genoux, ceux-là mêmes qui avaient assisté à la pendaison. Une femme se mit à réciter le *Pater Noster*. Ses voisins la suivirent. Et pendant que sur les tableaux les visages étaient mangés par les flammes, le murmure doux et puissant de la prière s'éleva de la place.

XXII

— Demain matin, ne me réveille pas.

— C'est noté, monseigneur. Je vous souhaite un bon repos.

Le franciscain sentit que le regard du nonce était toujours sur lui :

— Je peux faire autre chose ?

Gandolfi se dirigea vers son cabinet d'écriture sans répondre.

Son monde, ce n'était ni Venise ni l'Eglise. C'était Campo Imperatore et ses serpents affamés. Ou les paysans d'Assise qui venaient dans son église. La vie de simple curé. La vraie vie. C'est-à-dire la misère.

Il s'assit à son bureau, griffonna quelques mots et se dirigea vers la bibliothèque, là où étaient rangées ses fioles.

Il saisit l'une d'elles, vérifia qu'elle contenait des racines de mandragore en quantité importante, et en ôta le bouchon. Il ouvrit ensuite trois des petites boîtes de porcelaine et de chacune versa tout le contenu dans la fiole. Il remit le bouchon sur le goulot de la fiole, secoua le mélange et versa la moitié du liquide dans un grand verre de cristal.

Il le but d'un trait, le remplit du reste de la fiole, le vida à nouveau, et alla s'étendre.

XXIII

Debout, la main droite agrippée à sa canne, le maître n'arrivait pas à détacher ses yeux de la toile. Il avait devant lui le plus beau portrait qui ait jamais été peint. Un trait d'une précision absolue. Et des couleurs… Comment avait-il réussi à obtenir de telles nuances dans les sombres ? Il y avait dans le regard du jeune homme la beauté de son âge, un charme, mais aussi une force, une bonté…

Il s'approcha du tableau et chercha la signature. Il ne la trouva pas. Ses yeux déclinaient… Il s'y reprit à trois fois et finit par la repérer, au coin inférieur droit, un T majuscule, peint en gris foncé.

Il s'éloigna de la toile et une fois encore la regarda longuement. Ce qu'il devait faire pour la sauver était indigne. Et même obscène. Mais il n'y avait d'autre solution que celle-là, et il fit son devoir.

Puis il s'assit à sa table et écrivit :

Le 24 août 1576

Mon cher Gandolfi,

Je sais combien tu as souffert. Je sais aussi que c'est grâce à des prélats comme toi que notre Eglise continuera d'accueillir les hommes et de les consoler. Tu as compris que l'art a cette capacité qui lui est propre d'atteindre le cœur de chacun, du plus humble au plus savant, et de le rapprocher de l'autre. Que rien, aucune explication, aucune raison, ne sait comme lui apaiser une solitude.

Voilà pourquoi c'est à toi que je confie ce portrait qui me bouleverse aux larmes. J'ai essayé de le protéger au mieux de mes moyens, quel que soit le prix que cela m'a coûté. Mais le garder m'est impossible.

Et puis je suis arrivé au bout de mon chemin.

Que Dieu te garde.

Ton

T

XXIV

— Ce n'est pas lui qu'on a pendu ! Ce n'est pas lui !

Scanziani leva les yeux et foudroya le garde du regard.

L'autre était à bout de souffle. Il déglutit et reprit :

— L'été, on les détache vite, à cause de la chaleur. Au moment où on lui a enlevé la cagoule, on s'est regardés : "Ce n'est pas le Turquetto !" qu'on s'est dit. "C'est un petit râblé, mais ce n'est pas le Turquetto !"

Scanziani eut un vertige et dut s'agripper au rebord de son bureau. Dès que la pièce cessa de tournoyer, il chuchota :

— Corrado ?

— Disparu.

Il ferma les yeux. Ce salaud de Gandolfi et ses manigances… Il avait condamné le Turquetto à contrecœur… Il s'était révolté contre l'autodafé… Et il avait voulu le corrompre, lui qui sa vie durant avait été fidèle aux lois de l'Eglise… En plus, il l'avait traité de fils de putain. Et voilà que, à cause de cette ordure, son triomphe allait se transformer en humiliation publique… Il allait lui régler son compte, à cette crapule…

— Va informer le doge ! ordonna Scanziani. Et dis-lui que je vais chez Gandolfi.

Il arriva à la nonciature tout essoufflé :

— Vite, mène-moi à ton maître !

Gianni voulut lui barrer le chemin :

— Monseigneur m'a donné pour instruction de ne pas le déranger...

Scanziani leva la main. Il allait lui apprendre les bonnes manières, à ce blanc-bec, comme il n'en avait pas idée :

— Où est-il ?

— Dans son cabinet d'écriture, fit Gianni.

— Eh bien vas-y, pour l'amour du ciel !

Gianni passa devant, s'arrêta devant une porte, frappa et tourna la poignée. La porte n'était pas fermée à clé.

— Sainte Vierge ! s'écria Gianni.

Couché sur le canapé, Gandolfi était blanc. Scanziani s'approcha de lui, posa la main sur sa joue et se tourna vers le franciscain :

— Tu savais qu'il était mort ?

Le garçon se mit à trembler.

Scanziani balaya toute la pièce du regard. Un verre et une fiole étaient posés sur le bureau, vides l'un et l'autre. Il s'en approcha et vit, posée en évidence, une feuille de papier sur laquelle il lut ces mots :

Je n'ai ma place ni dans cette ville, ni dans cette Eglise.

Angelo Gandolfi,
évêque d'Assise.

Scanziani regarda Gianni d'un air glacial :

— Il s'est tué.

Le visage caché dans ses mains, le jeune homme sanglotait.

— Ce n'est pas le moment de se laisser aller, lança Scanziani.

Il jeta un coup d'œil aux étagères :

— Il se droguait ?

— A cause des migraines, fit Gianni entre deux sanglots.

— Il s'est suicidé. Tu en es conscient ?

Le franciscain hocha la tête.

— Tu connais les conséquences du suicide ? Je parle des conséquences pour ton nonce autant que pour nous tous, serviteurs de l'Eglise. Il ne pourra pas recevoir de messe. Et notre Eglise sera l'objet d'un scandale qui fera la joie de ces invertis de réformés. Tu es conscient de cela ?

Le visage caché dans ses mains, Gianni fit oui de la tête.

— Veux-tu m'aider à réparer ? A faire que ton nonce ait la sépulture qu'il mérite ? Que notre sainte Eglise se préserve des hérétiques ?

Gianni se découvrit le visage et regarda Scanziani, dans l'attente d'une instruction.

— La seule façon de procéder, je dis bien la seule, nécessitera de ta part un silence absolu sur tout ce qui va se passer maintenant sous tes yeux. Es-tu prêt à me jurer ce silence ?

— Je vous le jure, répondit Gianni. Pour que monseigneur reçoive la sainte messe et une sépulture chrétienne, je ferai ce que vous voudrez.

Scanziani le regarda dans les yeux et demanda, sur le ton de la menace :

— Sais-tu ce que tu risques, si tu me trahis ?

— Je ne vous trahirai pas. Dites-moi ce que je dois faire.

— Ton maître avait-il des coupe-papiers dans sa bibliothèque ?

— Plusieurs. Ils sont rangés dans le tiroir central de son bureau.

Scanziani s'approcha à nouveau du bureau, prit la feuille griffonnée, la plia et la glissa dans sa poche. Puis il ouvrit le tiroir, choisit parmi les coupe-papiers celui dont la pointe lui parut la plus effilée, s'approcha du canapé, et d'un coup qu'il fit partir de haut, en y mettant toute sa force, le planta jusqu'à la garde dans la poitrine de Gandolfi.

Puis il se tourna vers Gianni :

— Tu diras que le Turquetto est passé. Qu'il t'a assommé et attaché. Et puis qu'il a tué le nonce. Et que je t'ai libéré. Voilà ce que tu diras.

IV
CONSTANTINOPLE

Septembre 1576

I

— Le problème, avec le janissaire, c'était ton impatience, fit Zeytine Mehmet !

Halis, le marchand de babouches, baissa les yeux. C'était un grand maigre à moitié chauve, tout en os, avec une tête longue et un regard sans cesse inquiet. La veille, un janissaire était entré dans sa boutique. Il cherchait "des babouches élégantes, si tu vois ce que je veux dire". Après une heure de tergiversations, il n'avait rien acheté.

— Ecoute, reprit Zeytine. Tu peux avoir en face de toi un garçon fort, grand, autoritaire. Quelqu'un qui peut même te faire peur. Mais si tu le vois s'attarder durant une seule seconde, même une demi-seconde, tu m'entends, un quart de seconde, sur un modèle délicat, sache que cet homme n'a pas de plus grand désir que d'acheter des babouches raffinées. Simplement, il n'ose pas te l'avouer ! Peut-être même qu'il n'en est pas conscient ! Qu'au fond de son âme, il est gêné d'avoir une telle envie… A toi de l'aider à se découvrir ! Montre-lui une paire ornée de broderies, des babouches rouges, des roses… Et surtout, mon Halis, surtout, reste à l'affût de ses émotions. Regarde ses yeux ! Comprends-le mieux qu'il ne se comprend lui-même. Trouve les mots qu'il faut pour lui révéler ce qu'est son vrai désir ! Tu lui faciliteras la vie. Après quoi, il s'achètera les babouches qu'il souhaite ! Même si c'est pour ne jamais les porter ! Ou alors, quand il est seul chez lui...

A nouveau, Halis hocha la tête :

— Tu as raison, Zeytine Âbi. Je ne l'ai pas laissé parler et je ne l'ai pas bien regardé.

— Choisir des babouches est une décision difficile ! reprit Zeytine. Celui qui vient chez toi est à deux doigts de révéler son âme ! Et même les profondeurs de son âme !

Soudain, il s'interrompit, l'air intrigué :

— Je vois un *hammal** qui attend devant ta boutique...

— J'attends des peaux de chez Krikor, fit Halis en se levant. Cinq minutes et je reviens !

Pendant que Halis se dirigeait vers sa boutique, Zeytine jeta un coup d'œil en direction du *hammal*. L'homme s'était mis dans une posture curieuse, dos à la rue et le nez collé au mur du magasin. Bizarre, se dit Zeytine. Il resta les yeux fixés sur le dos du *hammal*, impatient de découvrir son visage. Au moment où Halis s'approcha de l'homme, celui-ci se tourna pour le saluer, et, l'espace d'un instant, ses yeux croisèrent ceux de Zeytine. Il avait un regard extraordinaire. De ceux qui, en trois secondes, fouillent une âme.

Zeytine se sentit liquéfié. Il connaissait ce regard. Mais d'où ? Il scruta sa mémoire durant une minute ou deux. Mais ce fut sans succès.

Alors, encore troublé par le regard du *hammal*, il se replongea dans la réflexion qu'il menait chaque jour avec Halis.

Peu de choses étaient plus essentielles dans la vie que le choix de babouches, et cela valait pour celles destinées à la marche autant que pour celles qu'on mettait chez soi. Les discussions entre les deux

---

* Portefaix.

hommes portaient sur la forme de la babouche, la nature de la peau dont elle était faite, sa couleur, les matériaux de sa semelle, ses ornements, la doublure intérieure, en un mot sur tout ce qui faisait de chaque paire de babouches quelque chose d'unique. Halis se plaignait des difficultés de son travail et Zeytine le consolait en usant chaque jour des mêmes mots : "Regarde autour de toi et dis-moi s'il existe de plus belles babouches que celles qui sortent de ta boutique !" Halis hochait alors la tête et répondait : "Dieu t'entende, Mehmetdjim*, Dieu t'entende." Et puis, reprenait Zeytine, avec chaque paire de babouches, ta vie change ! N'est-ce pas merveilleux ?

Halis était l'un des *müshteri* de Zeytine Mehmet, ses "clients", comme il les appelait. Il y avait ceux "du jour", ses préférés, qui étaient au nombre de trois, ceux de la semaine (une vingtaine), et ceux du mois, près de cent. Les autres n'avaient pas droit au statut de client, et s'il acceptait leur obole occasionnelle, c'était surtout pour ne pas les contrarier.

Outre Halis, ceux "du jour" étaient Vico, le gardien du Han, un simple d'esprit, et Djem, un militaire à la retraite qui avait perdu un bras en Syrie et s'était reconverti dans le commerce d'huile d'olive.

— Pardonne-moi, fit Halis en s'asseyant à nouveau aux côtés de Zeytine Mehmet. Il m'a apporté deux peaux magnifiques, une rouge écarlate très fine, pour des babouches d'intérieur, et une jaune, solide comme pas deux… Avec tout ça (il soupira) tu verras que je n'arriverai pas à les vendre…

Zeytine resta pensif durant de longues secondes pendant que Halis attendait un mot d'encouragement :

— Dis-moi, ce *hammal*… Tu l'as déjà vu ?

* "Mon petit Mehmet."

— C'est la première fois qu'il me livre, répondit Halis. Pourquoi ?

— Je ne sais pas, fit Zeytine l'air absent. *Vallahi billahi*, je ne sais pas… Il est encore chez toi ?

— Non, il a voulu ressortir par l'arrière, il m'a dit que c'était plus court, pour sa prochaine livraison.

Zeytine resta pensif :

— Nous disions… A propos de tes clients… Tu dois être à l'affût ! Tu dois attraper leurs émotions comme on attrape des oiseaux… Au vol…

Mais il avait l'esprit ailleurs. Soudain il changea de sujet :

— Tu as remarqué… Les gens ne savent pas regarder… On dirait que la seule chose qui les intéresse, c'est (il s'arrêta quelques secondes)… qu'on les regarde, eux… Qu'on les… Qu'on les couvre de compliments, même si ces compliments…

Puis il s'interrompit brusquement, l'air hagard.

— Zeytine Âbi ! Tu te sens mal ?

Il était liquéfié. En cinquante ans de Bazar, il n'avait vu qu'une seule personne qui sache regarder de cette façon.

Le *hammal* d'une demi-heure plus tôt était Petit Rat. Il avait vieilli et grossi. Mais ce regard, c'était le sien et celui de personne autre.

II

— *Ma guarda ! Guarda !*

Elie baissa la tête, quitta la rue des Bonnets-de-Fourrure en courant aussi vite qu'il put, malgré sa charge, et se retrouva à la première porte, essoufflé, incapable de dénouer les sangles de son harnais tant ses mains tremblaient. Lorsque enfin il y arriva, il le laissa tomber à terre et s'assit à même le sol, à la recherche de son souffle.

Il suffisait qu'il entende un mot d'italien pour être pris de panique. Bien sûr, il pouvait s'agir d'un marin qui faisait ses achats. Mais aussi d'un policier envoyé par Venise pour l'arrêter… Ainsi, plusieurs fois chaque jour, il se retrouvait à courir comme un désespéré.

Sa première angoisse datait du lendemain de son arrivée à Constantinople. Alors qu'il montait la rue des Fabricants-de-Pantoufles, le cœur battant à la perspective de revoir le Han, il avait levé les yeux vers le haut de la rue. Un cul-de-jatte était en conversation avec un petit homme assis à son côté. Le cul-de-jatte l'écoutait avec une attention si intense que, dans l'instant, Elie avait compris qu'il s'agissait de Zeytine Mehmet. Submergé par l'émotion, il s'était arrêté net au milieu du passage. Il aurait tant voulu s'approcher de lui… Le toucher… Lui dire : "Grand frère Zeytine ? C'est moi ! Petit Rat ! Tu te souviens ? Les portraits ? Les filles ?"

D'un coup, alors qu'il était encore immobile au milieu des passants, le regard rivé sur Zeytine, il se sentit chavirer. Ce visage … Ces yeux … Cette attention infinie à l'autre … C'étaient les traits de Zeytine Mehmet qu'il avait peints pour représenter le visage du Christ de la Cène.

Il se défit de son harnais, s'assit à même la rue, et resta ainsi longtemps, hébété.

Quinze jours plus tard, il avait dû livrer un lot de peaux chez Halis, un fabricant de babouches dont la boutique se trouvait juste en face du Han. Il avait bien tenté de rester dos tourné à Zeytine Mehmet, mais au moment où Halis l'avait interpellé pour le saluer, il n'avait pas pu réprimer un mouvement de la tête. Il voulait revoir ce visage. Son regard avait croisé celui de Mehmet et s'y était accroché, l'espace de quelques secondes, tant il voulait le retrouver.

Après quoi, il décida de ne plus passer devant le Han. Il servirait Halis par la cour, et pour les autres marchands de la rue, il rebrousserait chaque fois chemin après les avoir livrés.

III

— Toute la police est sur l'affaire, fit Djem. Le sultan en fait une question d'honneur. Les émissaires de Venise ont été reçus au palais… Tu sais que je tiens mes informations de première main…

Assis en tailleur aux côtés de Zeytine, Djem lui parlait sur le ton militaire qu'il affectionnait. Un de ses cousins était *bash** parmi les gardes du palais, et, sur les questions touchant à la sécurité de l'empire, il se sentait habilité à faire des commentaires définitifs.

— Et si l'assassin n'était pas à Constantinople ? demanda Zeytine.

— Impossible, lâcha Djem. Un, on l'a vu s'embarquer sur l'*Arabella*. Deux, le bateau n'a pas fait d'autre escale. Trois, plusieurs marins ont confirmé qu'un moine avait débarqué à Galata**. Donc, quatre : le Turquetto est quelque part à Constantinople.

— Le Turquetto, tu dis ?

— C'est comme ça qu'ils l'appelaient à Venise. Le sultan a mis cent piastres sur sa tête. Crois-moi, il n'ira pas loin…

* Chef.
** Le port de Constantinople.

IV

"Je suis né à Gênes, c'est pourquoi je parle mal notre langue. Mais je crains Dieu et respecte ses commandements."

C'était ainsi qu'Elie s'était présenté à l'intendant de Krikor, le patron de la tannerie qui cherchait un *hammal*.

Il avait choisi le prénom d'Ali, en se disant que, lorsque quelqu'un l'appellerait ainsi, il risquait moins de ne pas réagir que si on l'appelait Ahmet ou Nasreddine. Pendant le voyage, il s'était laissé pousser la barbe et rasé la moustache, comme le faisaient les pieux, et, à peine arrivé à Constantinople, il avait acheté une calotte musulmane.

"Tu es trop vieux !" lui avait lancé l'intendant. Elie avait répondu qu'il était encore vigoureux, et l'intendant lui avait désigné un harnais du doigt. "Mets ça !" Après qu'Elie eut noué les sangles, l'intendant avait chargé le harnais d'au moins cent livres de peaux : "Marche droit, et sans traîner ! Ici, dès qu'il pleut, on vit dans la boue. Il faut être fort pour faire ce travail !" Elie n'avait eu aucune peine à faire vingt pas rapides, et l'intendant l'avait engagé.

La tannerie se trouvait en dehors des fortifications, à Yédi-Koulé, en lisière des abattoirs de la ville. Elie partait chaque matin avec sur son harnais quatre-vingts livres de peaux, parfois même cent, et livrait une nuée de tailleurs, de selliers et

242

de fabricants de babouches, disséminés de la pointe sud de la Corne jusqu'à Balat, en passant par Fener, et, bien sûr, dans tout le Bazar. C'était là qu'il commençait ses livraisons. Mais il devait d'abord grimper les rues pentues de Samatya, ce qui lui prenait bien une heure, et, au moment où il arrivait au Bazar par la porte de Bajazet, les muscles de son dos et de ses cuisses étaient déjà en feu.

Au fil des heures, sa charge diminuait. Mais la fatigue se faisait plus forte. L'air devenait opaque et la sueur lui collait sur tout le corps, par couches. Il n'avait la possibilité de se laver vraiment qu'une fois par semaine, le matin du vendredi, lorsque le hamam de Tsheshmé s'ouvrait aux pauvres, et il s'était habitué à vivre avec l'odeur puissante et vinaigrée de sa crasse.

Il organisait ses tournées dans l'obsession du détail, et la rigueur qu'il mettait dans son travail l'occupait tout entier. Surtout, elle chassait la nostalgie. Sa vie était celle d'un *hammal*, et il devait la vivre comme il avait vécu les précédentes. Avec force.

En quelques semaines, ses muscles se firent aux nouveaux efforts. Il apprit à marcher dans la boue, malgré la charge. Les gens qu'il servait étaient aimables. Chacun semblait heureux d'occuper la place qui était la sienne, et, malgré les alertes incessantes, il retrouvait sa ville avec un plaisir inattendu. Presque chaque jour il prenait le repas de midi dans l'enceinte de Süleymaniye, la mosquée du sultan où les indigents étaient nourris d'une soupe aux lentilles accompagnée de yogourt et d'épinards. Il aimait infiniment l'atmosphère du réfectoire. On n'y parlait presque pas, sinon pour remercier le Seigneur, souvent par un *Allaha bin shükür** dit à voix basse, pour soi.

* "Mille grâces à Dieu".

Une fois ou deux par semaine, lorsqu'il avait à livrer des clients à Fener, il descendait jusqu'au bord de mer, où des pêcheurs faisaient griller du petit poisson sur des *mangal* posés à même la grève. Pour une aspre, il leur achetait un large pain coupé en son milieu et rempli de poissons. Pour la nuit, il s'installait dans le jardin d'une des mosquées où se réfugiaient les sans-abris. Il mangeait alors avec une sorte de fureur, du pain et des olives, de l'ail, de l'oignon, du fromage de brebis, et s'endormait, repu et brisé.

Dès ses premiers jours à Constantinople, il avait cherché les lieux de son enfance. La maison d'Izak Bey avait brûlé, tout comme la taverne de M. Costa, à Fener. Maintenant, Balat n'était plus un quartier juif ou grec. Les Turcs l'occupaient tout entier. Seuls quelques artisans étaient restés, surtout des Arméniens.

Mais la rue des Fabricants-d'Encre n'avait pas changé. Elie retrouva la boutique de Djelal Baba. A l'intérieur, il vit un homme qui rangeait des fioles sur le petit établi qui lui avait servi de table. Il le regarda quelques instants et partit.

V

— J'en sais un peu plus ! fit Djem. Il a tué un prêtre.

— Un prêtre ? demanda Zeytine. Un prêtre ?

— Et pas n'importe lequel ! L'envoyé du pape ! Un personnage important du nom de Gandolfi…

— Tu en es sûr ?

— Ce que je te dis, je le tiens de la plus haute source !

Zeytine Mehmet secoua la tête lentement. La chose lui semblait étrange.

— Gandolfi, tu dis ? Gandolfi ?

— Ecoute-moi bien. Il l'a tué, il lui a volé sa robe, il l'a mise pour se déguiser en prêtre, et il s'est enfui. Ça s'est passé comme ça. Je le tiens du cousin…

VI

Au moment où Elie arrivait chez Hagop, un tailleur arménien qu'il avait déjà livré trois fois, deux janissaires quittaient bruyamment la boutique, et il dut faire un pas de côté pour ne pas être bousculé.

— Hier, c'était deux autres ! lança l'Arménien dès qu'ils disparurent.

— Que cherchent-ils ?

— Un juif de Balat. A Venise, il s'est fait passer pour grec pendant quarante ans, il a tué un prêtre et maintenant il se cache à Constantinople. Tu vois le genre…

Elie eut un vertige.

— Les émissaires de Venise ont même été reçus par le sultan, ajouta Hagop.

Cette nuit-là, Elie ne ferma pas l'œil. Le lendemain matin, il se retrouva sur le chemin du Bazar en compagnie d'un des *hammal* de la tannerie. L'homme avait envie de parler :

— Toute la garde cherche le juif ! Je le sais par mon frère, il est cuisinier au palais. Ils fouillent les églises et les couvents, ne me demande pas pourquoi.

Une heure plus tard, il entendit un maître tailleur dire à un client que "cinq émissaires de Venise logeaient au palais", car le sultan, de mère vénitienne, était inféodé à leur République.

Plus loin, un vendeur d'eau racontait à qui voulait l'entendre que la tête de l'assassin valait cent piastres, et que celui qui aiderait à l'arrêter recevrait sa récompense des mains du sultan.

Tout Constantinople bruissait de rumeurs à propos d'un assassin que la garde du sultan recherchait pour le livrer aux Vénitiens.

Un incident absurde ajouta à son angoisse. Dix jours plus tard, alors qu'il s'était installé pour la nuit à la porte des Fourreurs, il se retrouva d'un coup plaqué au sol. Durant une fraction de seconde, il résista. Mais très vite il se laissa faire. Une bagarre aurait abouti à son arrestation, et puis ils étaient trois à être sur lui, trois gueux qui en un instant le mirent sur le ventre, lui arrachèrent sa bure et s'enfuirent.

VII

A l'instant même où Zeytine se trouva sur Beyaz*, l'âne de Süleyman, sa tristesse se dissipa. Dans une heure, il serait au Bazar. Entouré… Ecouté… Reconnu… Cela lui aurait été plus facile de mendier près de son cabanon, sur la Divan Djaddesi** ou sur l'Ouzoun Tscharshi Djaddesi***. Mais alors il n'aurait eu qu'une clientèle de passage. Au Bazar, il était quelqu'un…

Chaque matin, Süleyman passait le prendre avec son âne albinos, sur lequel il avait chargé quatre jarres de citronnade parfumée à la menthe. "Que le jour te soit propice !" criait Süleyman. "Qu'il te soit doux comme le miel !" lui répondait Zeytine depuis le cabanon. Il s'approchait de l'âne en prenant appui sur ses mains, saisissait les deux cordes nouées au sommet de la selle, les enroulait autour des paumes, et se hissait sur la bête à la force des poignets.

— Tu sais, dit Süleyman ce matin-là, je crois que je vais l'acheter.

Le grand projet dans la vie de Süleyman était d'avoir un deuxième âne, noir celui-là. Cela lui permettrait d'offrir sa citronnade avec un panache qui ferait de lui le premier de sa profession.

* "Blanc".
** L'avenue du Divan.
*** L'avenue du Long-Bazar.

Il avait acquis Beyaz dans des conditions particulières. A la naissance de l'albinos, son propriétaire s'était écrié : "Cet âne est le diable !" Il avait bien essayé de le vendre pour quelques piastres, mais les gens se moquaient. Il était allé chez Süleyman, dont l'âne venait de s'enfuir, et l'avait convaincu qu'un jour son commerce prendrait de l'ampleur s'il y ajoutait de l'orangeade et du jus de prune, qu'il aurait alors besoin de deux ânes, qu'il avait là l'occasion d'acheter le premier à très bas prix, et que le second pourrait être noir. Ainsi son équipage refléterait la diversité des choses de ce monde et la richesse de la nature. Süleyman lui avait pris la bête en échange d'une jarre de citronnade invendue. Mais il n'était jamais arrivé à écouler en un jour la marchandise que portait un seul âne, malgré tous les soins qu'il apportait à la confectionner. Il ne lésinait ni sur la menthe poivrée, ni sur le miel, et sa citronnade avait un goût divin, chacun en convenait. Mais celles des autres vendeurs étaient excellentes elles aussi, et le projet des deux ânes s'était arrêté à Beyaz.

— On t'a offert une bête ? demanda Zeytine.

— On m'en propose une, et à bon prix… J'hésite… Elle est belle, et noire comme le charbon. Mais elle est un peu âgée… Le vendeur me dit qu'elle a douze ans. Moi, je lui en donnerais plutôt seize ou dix-sept… De toute façon, je ne pourrai jamais la charger autant que Beyaz… Cela dit, si j'ajoutais l'orangeade et le jus de prune, tu vois ce que cela pourrait rapporter…

Chaque fois qu'il s'agissait de chiffres, Süleyman restait dans le flou. Comment calculer ? Il ne savait ni lire, ni écrire, ni même tenir un crayon en main. Il aurait fallu qu'il fasse tous les calculs de tête…

Pour Zeytine, la perspective d'un deuxième âne était inquiétante. Le trajet au Bazar se faisait à pleine

charge dans le sens de la descente, et déjà Süleyman peinait à retenir Beyaz par la bride. S'il a deux
ânes, se dit Zeytine, je me retrouverai dans la boue
un jour sur deux. Alors il demanda :

— Avec Beyaz, est-ce que tu manges à ta faim ?

— J'ai peu de besoins, répondit Süleyman.

— Alors tu cherches à résoudre un problème qui
n'existe pas.

— Tout de même, protesta Süleyman, si j'avais
deux ânes…

— Tu aurais deux fois plus de soucis, voilà tout !

Süleyman secoua la tête, hésita, puis finit par lâcher :

— Ma vie aurait une autre allure…

— Moi, fit Zeytine, je te dis que tu as déjà grande
allure avec Beyaz. Et qu'à devoir tirer deux ânes à
la fois, surtout les jours de pluie et de boue, tu serais moins majestueux, crois-moi.

VIII

Dix fois dans la journée, l'envie de peindre saisissait Elie.

Cela commençait dès l'aube, lorsqu'il quittait Yédi-Koulé. Les rayons du soleil rasaient alors les fortifications et donnaient à leurs cimes de pierre rose des reflets rougeâtres intenses, mêlés de stries jaunes, qu'il aurait aimé rendre au petit pinceau, à la manière d'une miniature, dans une délicatesse extrême. A Süleymaniyé, aux repas de midi, il observait, le cœur battant, les tablées de gueux qui mangeaient en silence, le regard baissé, par respect pour le sultan qui leur offrait la charité, et le spectacle de ces déshérités heureux et reconnaissants était chaque fois d'une force et d'une sérénité inouïes. Leurs expressions étaient si intenses, si profondes... Au Bazar, l'atmosphère était à l'affrontement, les regards tendus, les mots vifs. Et le soir, lorsque le soleil d'Andrinople se couchait sur la Corne couverte de caïques et donnait aux coupoles des reflets d'argent mêlés de vert, Elie avait devant lui la beauté indicible du Bosphore incendié, ouvert sur l'infini.

Dans de tels moments, il aurait tout donné pour pouvoir peindre. Peindre, peindre, et peindre encore. Ecouter le bruit de la brosse sur la toile... Respirer les odeurs de vernis... Voir ses mains couvertes de couleurs... Ressentir la fatigue du bras...

Ce matin-là, alors qu'il remontait d'un pas pressé la rue des Marchands-d'Or, il aperçut un homme debout à la porte de sa boutique, les bras croisés sur la poitrine, le regard fixe devant lui.

Il poursuivit son chemin sur cinq ou six pas, se retourna avec une fausse nonchalance et fixa de toutes ses forces le visage du marchand. L'homme avait un nez petit, très busqué, d'une symétrie parfaite, des yeux vert clair, des pommettes très saillantes, et des joues creuses. Une ride verticale marquait son front. Sa bouche était petite, mais difficile à apprécier, du fait qu'il tenait les lèvres serrées.

Un vrai oiseau de proie.

Elie ferma les yeux, serra les paupières, et voulut peindre le marchand d'or pour la pile. Il vit sa main saisir une plume d'oie et la tremper dans un flacon de sépia. Puis il la vit poser la pointe de la plume sur une feuille. Mais après cela, sa main resta inerte, comme chaque fois que le désir de peindre le prenait.

IX

Pour la troisième nuit d'affilée, Zeytine fit le même cauchemar. Il était debout, en uniforme, un sabre à la main, le regard droit. Une voix lui criait : *"Eshek ôlou ! Fils d'âne ! Tu vas avancer ?"* Mais il était incapable de faire un pas. *"Eshek ôlou ! Eshek ôlou !"* continuait de hurler la voix. Mais il n'y avait rien à faire, il restait figé. Pourtant, il avait ses jambes.

Il sortit de son cauchemar le corps trempé de sueur et les jambes traversées d'éclairs, comme dans les semaines qui avaient suivi l'amputation, il y avait de cela près de cinquante ans.

Sa compagnie était tombée dans une embuscade durant la campagne d'Arabie. Les plus chanceux étaient morts tout de suite. Les autres avaient agonisé au soleil du désert et dans le froid de la nuit avant de mourir à leur tour, qui après un jour, qui après deux ou trois. Zeytine était le seul à avoir survécu quatre jours. Un groupe de fantassins ottomans l'avait trouvé les jambes broyées sous le ventre d'un cheval, agonisant et gangrené. L'un des soldats, un fils de boucher, avait accepté de l'amputer.

A son retour à Constantinople, sa famille et ses voisins le reçurent en héros. Ayché, sa femme, répétait sans cesse : *"Tu t'es sacrifié pour notre sultan…"* Alors il décida d'aller mendier au Bazar, en se disant que les gens auraient à cœur d'aider l'unique survivant d'une compagnie de fantassins, un homme qui avait payé de ses jambes la conquête de l'Arabie… Mais au Bazar, des amputés, il y en avait beaucoup, et Zeytine constata vite que rester inerte et attendre l'obole ne suffirait pas. Pour devenir un mendiant à succès, il devait observer les gens, de toutes ses forces… Les déchiffrer… Les comprendre… Et enfin les apprivoiser.

Il s'attela à cette tâche avec une assiduité de chaque instant, et en six mois devint le mendiant le plus respecté du Bazar.

Puis un jour, sa vie bascula de nouveau. Un soldat qui partait pour l'Egypte lui demanda la main de sa fille Fatma, qui avait douze ans. Zeytine connaissait le garçon et accepta.

Dans les semaines qui suivirent le départ de Fatma, Ayché se métamorphosa. Jusque-là, l'infirmité de son mari l'obligeait à faire l'amour sur le dos. Ayché s'asseyait sur lui, faisait des mouvements de hanches, et, en bonne épouse, attendait qu'il éjacule. Soudain, elle se mit à faire l'amour avec l'abandon d'une courtisane. Elle prit goût à se déshabiller devant lui, à tenir son sexe dans la main, à mordiller les pointes de ses seins, à lui caresser le postérieur, à lui balayer le visage de sa poitrine, en un mot à rechercher le plaisir sans honte et à le montrer comme l'aurait fait une favorite de haut rang.

Ces habitudes nouvelles comblèrent Zeytine. Non seulement elles transportaient ses sens, mais surtout il en retirait l'impression délicieuse d'être, d'une certaine façon, l'égal d'un pacha.

Quelques mois passèrent ainsi. Puis, un soir, il ne trouva pas Ayché au cabanon. Il interrogea ses voisins : Quelqu'un avait-il vu Ayché ? Personne ne put le renseigner. Lui était-il arrivé un accident ? L'avait-on arrêtée ? Et si oui, pourquoi ? Il ne le sut jamais et ne la revit plus.

"Je lui ai ouvert l'appétit sans avoir de quoi la nourrir", se répéta Zeytine au cours des mois qui suivirent le départ de sa femme. Comment une femme avide de plaisir pouvait-elle se satisfaire d'un corps tronqué ? Il se demanda plus d'une fois s'il n'aurait pas dû lui montrer plus de tendresse. Mais il concluait toujours que la tendresse d'un homme se mesurait au soin qu'il prenait à veiller sur les siens, et à cet égard, *vallahi billahi*, il avait toujours été un époux irréprochable.

Il aurait bien voulu qu'une nouvelle épouse lui offre la sensation d'un bassin qui ondule sur son ventre, ou la douceur d'un sexe qui enveloppe le sien, ou encore le spectacle délicieux d'une femme qui caresse sa propre intimité, longuement, et montre sans réserve le plaisir qu'elle en retire. Mais qui aurait voulu d'un cul-de-jatte comme amant ?

Alors il se mit à se caresser tout seul et en retira une satisfaction sans cesse plus terne. Ses érections tardèrent. Il avait beau retourner aux souvenirs que lui avait laissés Ayché, ou encore penser à certaines intendantes qu'il croisait au Bazar et les imaginer nues, le désir ne venait plus. Il traversa une période de grande mélancolie. N'était-il pas le vrai responsable de la perte de ses jambes ? Vingt fois chaque jour il revivait la scène de son accident. N'aurait-il pas pu l'éviter ? S'il s'était tenu un pas sur sa gauche ? Ou sur sa droite ? Ou encore en arrière ? Le cheval aurait continué sa course et ne l'aurait pas blessé… Mais alors, un soldat serait peut-être revenu sur lui et l'aurait tué, lui aussi ? Dans ce cas, il aurait pu feindre d'être blessé, en attendant que des fantassins viennent le secourir… Et ainsi de suite…

Un jour pourtant, la sagesse lui vint, par une question à laquelle il allait s'accrocher pour toujours : Qu'aurait-il fait de sa vie s'il avait gardé ses jambes ? Il serait resté fantassin… Il aurait hurlé des ordres, comme ceux qu'on lui jetait au visage… Il aurait passé son temps à crier : "Chien ! Maquereau ! Fils d'âne !" Les gens l'auraient craint. Et même beaucoup. Mais ils ne l'auraient pas aimé.

Alors qu'au Bazar, il était à la fois craint et aimé… Les gens se confiaient à lui… Il devenait leur intime… D'une certaine façon, ils le craignaient, comme chacun dépend de celui à qui il s'est ouvert. Or, qui d'autre sur terre était à la fois craint et aimé ? Le sultan et le bon Dieu ! Personne d'autre ! Alors Zeytine conclut que d'une certaine façon, en ayant perdu ses jambes, il se retrouvait en leur compagnie, et cette idée lui procurait à la fois du réconfort et de la fierté.

X

— Je suis le père Nikolaos.

Le pope, un jeune homme gras et de très grande taille, semblait mort de peur, et l'angoisse de son regard faisait contraste avec sa forte carrure. Que cherchait ce musulman assis dans l'abside de son église ? Etait-il venu estimer les surfaces qu'il allait recouvrir de chaux ? Nikolaos ne voyait aucune autre explication.

La veille, sur la Divan Djaddesi, Nikolaos avait croisé l'un des janissaires qui étaient venus fouiller l'église une semaine plus tôt. Nikolaos l'avait reconnu et s'était risqué à le saluer. L'autre l'avait regardé d'un œil méchant :

— Ah, c'est toi ! On l'a trouvé, le juif ! Il flottait du côté de Yédi-Koulé, le visage mangé par les rats.

Nikolaos n'avait rien osé dire. Qu'un Turc le salue et déjà il avait peur. Les Grecs et les juifs de Balat avaient été déplacés au nord, sur la route d'Andrinople. Les Turcs allaient transformer Saint-Sauveur en mosquée, c'était une question de semaines, peut-être même de jours.

— La moitié du visage, je te dis ! Je l'ai vu comme je te vois ! Horrible ! Il n'avait plus ni nez, ni bouche, ni yeux, rien ! Enfin… Il aurait pu mourir plus tôt, le cochon ! Quatre semaines qu'on était après lui… Heureusement, le voyou était habillé comme un prêtre. C'est à ça qu'on l'a reconnu. Et tout cela parce qu'il a tué un chrétien, tu te rends compte ?

Il avait eu une mimique de dérision avant de cracher par terre.

Nikolaos ne se faisait pas d'illusions. A Lépante, les Vénitiens avaient massacré les Turcs par milliers. Murat, le nouveau sultan, était de mère vénitienne. Son grand vizir, Sokullu, était chrétien de naissance. Il fallait qu'ils donnent des gages aux imams. Alors, l'une après l'autre, les églises étaient transformées en mosquées, leurs mosaïques recouvertes de chaux et leurs icônes détruites. Tôt ou tard, ce serait au tour de Saint-Sauveur.

— Vous venez pour blanchir ?

— Non, fit Elie. Bien sûr que non.

Il leva les yeux et enveloppa du regard la fresque de Jésus arrachant Adam et Eve des enfers. Il resta ainsi de longues secondes, puis lança au pope : "Que Dieu soit avec toi", et quitta l'église.

XI

— Tu verras ! fit Vico, le gardien du Han. Nous allons retrouver notre rang ! Et même plus vite que tu ne penses !

Ce matin-là comme souvent, la discussion avec Zeytine portait sur la place des juifs à Constantinople.

— Je ne vois pas comment votre situation pourrait changer, répliqua Zeytine avec autant de douceur qu'il put mettre dans sa voix. Il faut voir les choses en face.

— Justement ! protesta Vico. En Espagne, nous étions comme des frères, avec vous autres musulmans ! Aujourd'hui, toi et moi, nous sommes de bons amis. Pourquoi ne pas redevenir amis tous ensemble ? Imagine ceci : on prend un juif. On lui trouve un ami musulman. Un seul. Tu es d'accord que c'est possible ?

— Bien sûr, reprit Zeytine. C'est très possible. C'est même une excellente idée que tu as là, mon Vico.

— Après ça, on en prend un autre. Et à lui aussi on trouve un ami musulman. C'est toujours possible ?

— Ça l'est, fit Zeytine. Bien sûr.

— Alors on continue ! Avec un autre, et un autre et un autre ! Jusqu'à ce que chaque juif ait un ami musulman ! Après ça, nous pourrions de nouveau être frères, comme en Espagne. Tu ne crois pas ?

Cette amitié en devenir entre juifs et musulmans était à la fois la grande espérance et la grande angoisse de Vico. Car si grâce à elle les juifs retrouvaient à Constantinople la dignité qu'ils avaient connue en Espagne, ils seraient déchargés du commerce d'esclaves, et lui perdrait sa place…

— C'est aux Arméniens que vous devriez confier ce travail, répondit Vico. Ils parlent le géorgien, ils savent compter, et ils sont travailleurs !

— Peut-être, laissa tomber Zeytine, peut-être… Mais je ne suis pas sûr que ce soit pour demain.

— En tout cas, reprit Vico, si un jour les Arméniens sont les nouveaux marchands d'esclaves, je voudrais beaucoup qu'ils me laissent ma place…

— Si la situation change comme tu le dis, répondit Zeytine, je te présenterai à cent, à mille Arméniens, je te le jure, *vallahi billahi*. Tu sauras les convaincre de te garder. Mais en attendant…

Il regarda Vico dans les yeux et lui chuchota en confidence :

— Il y a au Bazar un *hammal* à qui je dois absolument parler. Un petit, très fort, avec un visage de rat, qui transporte des peaux. Tâche de savoir qui il livre.

— Je le repérerai, dit Vico. Et je te dirai. Mais toi, n'oublie pas les Arméniens.

XII

— Alors, Petit Rat, on a pris du poids ?

Elie s'arrêta net et garda les yeux au sol, sans oser se retourner. La voix venait du bas de la rue des Fabricants-de-Pantoufles.

— C'est moi, Petit Rat !

Un rire éclata dans le Bazar. Elie tourna lentement la tête sur sa droite et vit Zeytine Mehmet qui le regardait, l'air moqueur :

— Tu ne viens pas m'embrasser, Petit Rat ?

Elie ôta son harnais, s'assit près de Mehmet, lui embrassa le dos de la main et le porta à son front.

A nouveau Zeytine éclata de rire :

— Je t'ai vu livrer chez Halis. Une seule fois… Après quoi, tu n'es plus remonté jusqu'au Han. Tu pensais m'échapper, coquin de Petit Rat !

A nouveau son rire retentit dans toute la rue. Elie continuait de ne rien dire.

Zeytine lui fit signe de s'approcher et chuchota :

— Je te disais qu'il faut savoir regarder, tu t'en souviens ? Enfin… Ali Bey, puisque c'est ton nom, désormais, tu sais qu'ils ont trouvé l'assassin ?

Elie resta figé, les yeux baissés. Zeytine continuait de sourire :

— Alors ? Tu vas me le faire entendre, le son de ta voix, mon Raton ? Où dors-tu ce soir ? Au palais ?

Une fois encore, il éclata de rire :

— A six heures, va à la porte des Fourreurs. Tu verras Süleyman, le vendeur de citronnade, il a un âne blanc. Attends-moi près de lui. Nous irons chez moi.

XIII

— Ils sont venus à deux, fit Zeytine. Un policier et un avocat, un certain Scarpa. Ils l'ont pris avec eux, parce que, à Venise, c'était celui qui en savait le plus sur toi. Bref, ils sont retournés à Venise il y a deux jours, contents de leur voyage, vu qu'ils ont eu leur macchabée !

Il éclata de rire :

— Eh bien, Raton, tu ne me demandes pas d'où je tiens ça ?

Ils étaient dans son cabanon, un assemblage de planches d'environ dix pieds de côté dont la porte constituait l'unique ouverture. A l'intérieur, Elie remarqua un *mangal* auquel une planche de bois épais était accolée de façon bizarre. Il y avait aussi une couche, posée à même la terre battue, et un bahut, disposé à la perpendiculaire du *mangal*.

— Donc, ils avaient leur macchabée. Et quel macchabée ! Habillé en moine, et tout et tout ! La police leur a remis un certificat de décès (à nouveau il éclata de rire). Ils l'ont présenté à leur ambassadeur, l'un des secrétaires l'a traduit en vénitien, et ils sont rentrés chez eux !

— Le destin s'est montré bienveillant, fit Elie.

— Le destin ? s'écria Zeytine. Et quoi encore ! Allez, je te prépare une sauce à ma façon, beaucoup d'olives, plus tout le reste, et (il leva l'index, comme pour énoncer une sentence) : pas de graisse animale ! Ha ! De l'huile d'olive ! Celle que me donne Djem Effendi, mon client. Après quoi nous allons parler de destin…

Il s'approcha du bahut et en retira tour à tour une grosse poignée d'olives, quelques oignons rouges, deux gousses d'ail, du thym, de l'origan et deux citrons, qu'il posa sur la planche de bois épais. Après quoi il sortit de sa poche un tissu roulé en boule et le défit. Il contenait une petite bonite :

— Tu ne me demandes pas comment j'ai su que les deux Vénitiens étaient partis ?

Tantôt devant son *mangal*, tantôt devant la planche de bois, Zeytine préparait son plat et parlait en homme affairé :

— Eh bien je vais te le dire… J'ai ce client, Djem Effendi… Un homme important… Il vient me voir chaque jour, figure-toi… Avant, il était militaire, jusqu'à ce qu'il perde un bras en Syrie… Tu comprends qu'on a de quoi parler… Maintenant, il vend de l'huile d'olive au Bazar… Mais il a toujours ses contacts, si tu vois ce que je veux dire…

Elie observait avec stupéfaction Zeytine aller et venir du *mangal* à la planche de bois avec une agilité stupéfiante. Il prenait appui sur ses mains et balançait son buste vers l'avant ou sur le côté, comme si cela ne lui coûtait aucun effort.

— Je ne t'ai jamais vu bouger si vite, Zeytine Âbi.

Les va-et-vient de Zeytine lui rappelèrent les balancements d'un chimpanzé que des gitans exhibaient sur la Divan Djaddesi. L'animal avait une façon de bouger déroutante, à la fois agile et disgracieuse.

Zeytine continuait de cuisiner à une vitesse prodigieuse, tantôt devant le *mangal*, à faire chauffer de l'huile d'olive, puis un instant plus tard devant la planche, à couper des oignons rouges, à dénoyauter des olives avec savoir-faire, ou encore à hacher des gousses d'ail. Puis il était à nouveau devant le *mangal*, à faire revenir les oignons, puis devant la planche pour ajouter le sel, le poivre et les herbes, et ainsi de suite, toujours très vite :

— Je vais te raconter une histoire de destin, Raton. Un matin, il y a de cela quelques jours, on trouve un petit vieux qui s'est noyé, après avoir passé la nuit à boire. Devant les tavernes de Yédi-Koulé, on ne voit que ça, des noyés qui ont dans le ventre plus de raki que d'eau salée. Bref, on le sort de l'eau et on le donne aux rats. Il suffit de déposer son corps près des abattoirs, et, deux heures plus tard, la moitié de son visage est dans leur ventre. Tu commences à comprendre ?

Il s'arrêta et regarda Elie dans les yeux :

— L'avant-veille, trois mendiants du Bazar t'ont volé la robe de moine... C'est Halis qui a brodé le nom de Gandolfi dans un pli de la robe, ça l'a changé de décorer des babouches... Ça t'épate, hein, que je connaisse le nom de ton prêtre ! Ça aussi je l'ai su de Djem. Bref, les trois autres enfilent ta robe au pauvre homme qui n'a plus rien de son visage. Ils le déposent sur la grève, bien visible, la police vient, trouve le corps, examine la robe, et voilà comment on a fait rentrer deux Vénitiens chez eux !

Zeytine Mehmet se tourna vers Elie, les yeux brillants de plaisir.

— Qu'en dis-tu, Petit Rat ?

Elie se leva, s'assit près de Zeytine Mehmet, lui embrassa le dos de la main et la porta à son front.

Zeytine se remit à cuisiner :

— Le destin, disais-tu... Tu vois ce poisson ?

Il continuait d'aller et venir à toute vitesse entre le *mangal* et la planche de bois :

— Halis me l'a donné ce matin au Bazar. Les poissons fins, il ne me les offre pas. Ça, c'est mon destin, et je dois l'accepter. Mais il n'y a pas que le poisson, dans ce plat. Il y a aussi la sauce ! C'est elle qui donne le goût.

Son regard se fit perçant :

— Et la sauce, Petit Rat, la sauce... C'est moi qui la fais !

— Tu vas passer la nuit ici, dit Zeytine après qu'ils eurent fini le repas.

Elie accepta sans se faire prier. Pour la première fois depuis longtemps, il pouvait dormir sur une vraie couche. Celle de Zeytine était de forme carrée, et comme ils étaient tous deux courts de taille et larges de torse, ils s'installèrent tête-bêche et s'endormirent très vite, épuisés par tant d'émotion.

— J'ai mieux dormi que depuis cent ans, fit Zeytine au matin. Viens chez moi ce soir, et encore tous les soirs, si tu veux.

— Je viendrai, répondit Elie.

Ainsi commença pour les deux hommes une période si belle qu'ils avaient peine à croire qu'ils la vivaient.

Durant la journée, Elie passait par le Han chaque fois que ses livraisons le lui permettaient. Si Zeytine était en discussion avec l'un de ses clients, il ne restait pas. Sinon, il déposait son harnais et s'asseyait quelques minutes à ses côtés, souvent sans rien dire, avant de repartir faire ses livraisons.

Le soir, Zeytine aimait raconter sa journée. Une fois, ce fut la discussion qu'il avait eue le matin même avec Halis :

— Je te disais il y a longtemps que les gens ne savent pas regarder, tu t'en souviens ? Que ce qu'ils veulent, c'est qu'on les regarde, eux ?

Il éclata de rire :

— Eh bien, je me suis trompé, mon Raton ! Les gens ne sont pas plus bêtes que toi ou moi. Au contraire, ils sont astucieux, et même plus qu'ils ne le pensent. Ils sentent que regarder, je veux dire : regarder vraiment, risque de leur apporter de la douleur… Ils constateront que tout change ! Leurs amis, leurs femmes, leur travail, tout ! Et tu sais quoi, Raton ? S'ils admettent que le monde change, ils devront changer, eux aussi… Et c'est ce qu'ils détestent le plus.

Un autre soir, Zeytine lança :

— Tu es parti à Venise où tu as vécu mille aventures. Moi, je suis resté au Bazar, comme une pierre posée au milieu de la foule. J'ai passé mon temps à scruter les visages. Eh bien, sache-le, j'ai vécu mille aventures, moi aussi !

Il hocha la tête et ajouta :

— Eh oui Raton ! Mille aventures ! Des tristes et des gaies. Regarder, un jour c'est douloureux, et un autre c'est un émerveillement. Va savoir !

Un soir où ils avaient peu parlé, Zeytine demanda soudain :

— Et si c'était à refaire ? Tu t'es posé la question ?

Il regarda Elie avec une intensité inhabituelle :

— Moi, je ne changerais rien. Même si… Nous aurions pu connaître autre chose, tu ne crois pas ?

Elie baissa les yeux.

— De petites choses peuvent changer ta vie. Regarde Halis. Chaque paire de babouches qu'il fabrique est différente de toutes les autres. Il modifie une broderie, la forme, un coloris, une peau, un accessoire, quelque chose qui rendra cette paire unique. Ainsi, sa vie prend de nouvelles couleurs. Il se plaint de ses clients qui hésitent, mais je crois qu'au fond, cela le rend heureux.

Ainsi chaque soir, Zeytine parlait de la condition humaine. Elie approuvait, Zeytine n'attendait pas autre chose de lui, et, après avoir beaucoup parlé ou écouté, chacun allait dormir avec le souci confus de cacher à l'autre combien il était heureux de vivre en sa compagnie.

Il n'y eut qu'une exception à l'atmosphère de sérénité qui régnait au cabanon, lorsqu'un soir Zeytine demanda de but en blanc :

— Tu es heureux, mon Raton ?

— Je crois que oui, répondit Elie. Peut-être même plus que jamais.

— Et pourtant, je crois que ton bonheur est incomplet, reprit Zeytine. Car tu ne me parles jamais de l'essentiel.

Cent fois dans la journée, Elie avait été tenté de dire à Zeytine : "L'envie de peindre me saisit à tout instant. Elle me pénètre partout. Je la sens en moi comme un dard planté dans ma chair. Puis elle s'évanouit sans crier gare. Et je ressens la honte qu'éprouve un homme lorsqu'il a envie d'une femme et qu'il reste impuissant."

Mais pour une raison inconnue, il se sentait gêné et s'en était toujours abstenu.

— Je sais dans quelles circonstances tu as fui Constantinople, poursuivit Zeytine. Arsinée m'a raconté.

Elie baissa les yeux. A nouveau un silence s'installa.

— Mais après ? Qu'as-tu fait après ? Raconte-moi Venise, reprit Zeytine. Tout Venise.

Elie parla durant toute la nuit. Il décrivit son apprentissage, ses débuts et ses succès. Il expliqua sa peinture et dit en quoi elle se distinguait de celle des autres grands peintres. Il parla de la précision du trait, qu'il devait à Djelal Baba, de ses personnages en attente, comme ceux de l'église Saint-Sauveur. Il parla de Stefania, de Rachel et de la *Cène*. Il raconta son procès et sa fuite.

— Tu t'es battu contre vents et marées, dit Zeytine quand Elie eut terminé. Tu es devenu un immense peintre et je t'admire pour cela. Mais pour accéder au vrai bonheur, il y a une personne avec laquelle tu dois te réconcilier.

Elie hocha la tête :

— Avec mon père...

— Non, fit Zeytine.

Elie leva les yeux vers lui :

— Avec qui ?

— A toi de le trouver, fit Zeytine.

XV

Un matin de janvier, au Bazar, Zeytine sentit sa poitrine se contracter. Jusqu'à son retour au cabanon, il ne parla presque pas. Le soir, il se coucha sans manger.

Durant les jours qui suivirent, ses mains et ses moignons enflèrent. Le moindre effort l'essoufflait. Il avait soif sans cesse, ce qui l'obligea à doubler son *shalvar* de plusieurs couches de tissu avant d'aller mendier, et de vivre au contact malodorant et humide de son urine jusqu'à son retour au cabanon.

Quelques jours après avoir ressenti la douleur, il dit à Elie :

— Je n'ai plus la force d'aller au Bazar.

Elie descendit à Yédi-Koulé, rendit son harnais, et prit congé de la tannerie.

A son retour au cabanon, il demanda à Zeytine ce qu'il pouvait pour lui.

Zeytine baissa les yeux :

— Je n'ai plus la force, pour mes besoins.

— Je vais t'aider, fit Elie.

Il s'approcha de la couche. Zeytine leva les bras, s'agrippa à son cou, et Elie l'amena aux latrines comme on porte un enfant.

Celles-ci consistaient en un cube de bois construit à ciel ouvert, où un trou avait été aménagé à même le sol. Elie tint Zeytine à la verticale de l'orifice, le

271

temps qu'il fasse ses besoins, et l'aida comme il put à se nettoyer.

Ainsi commença une période où, plusieurs fois par jour, Elie portait Zeytine aux latrines. Les déplacements étaient difficiles. Pourtant les deux hommes attendaient ces instants avec une impatience qui les embarrassait un peu. Au moment de nouer ses bras autour du cou d'Elie, Zeytine prit l'habitude de se serrer contre lui, et ce geste bouleversait tant Elie qu'à son tour il serrait Zeytine dans ses bras, à la fois pour lui rendre sa tendresse, et parce que, en le tenant ainsi (Zeytine avait alors le menton posé sur l'épaule d'Elie), il lui cachait ses larmes.

Au cours des premières semaines de cette nouvelle vie, Süleyman passa chaque soir lui rapporter les potins du Bazar. Il avait renoncé à l'achat du deuxième âne. "J'ai sans doute raté ma chance", répéta-t-il à chacune de ses visites. Djem prit l'habitude de venir une fois par semaine, mais lui restait plus longtemps. Pour Halis et Vico qui n'avaient que le vendredi de libre, aller à Balat était difficile. Halis se rendit deux fois chez Zeytine, Vico une seule.

A partir de la mi-février, Süleyman ne vint plus, Djem vint une fois, et les deux autres plus du tout. L'état de Zeytine se dégrada.

Il devint mélancolique et n'eut plus la force de faire ses besoins aux latrines. Elie apprit à le changer, à lui faire sa toilette, et à le langer avec ce qu'il trouvait de chiffons dans le bahut.

S'occuper de Zeytine devint pour Elie une activité sans répit. En plus de ce qui touchait à l'hygiène, il préparait les repas, pour lesquels il allait acheter de quoi chez les ambulants de la Divan Djaddesi. La nourriture y était plus chère qu'à Yédi-Koulé, mais au moins il ne laissait pas Zeytine seul longtemps.

Un soir où Zeytine se sentait mieux, il voulut enseigner à Elie la prière des morts. Elle était en arabe, et Elie n'osa pas demander la signification des mots qu'il apprit par cœur.

Vers la mi-mars, Zeytine perdit de sa lucidité. Lorsqu'il s'adressait à Elie, il se mit à l'appeler *âbi**, d'abord de temps en temps, puis chaque fois.

* "Grand frère".

XVI

— Zeytine Âbi ! tu dors encore ?

Elie n'obtint pas de réponse. Il appela une fois encore, puis une autre, et une quatrième :

— Zeytine Âbi ! Dis quelque chose !

Rien.

Il se glissa vers le bas de la couche, et, sans oser regarder son ami, posa la main sur son visage. Il était froid.

— Zeytine Âbi… Tu es parti ?

Il répéta ces mots plusieurs fois :

— Tu es parti, *âbi* ? Tu es parti ?

Toujours rien.

Alors il se tourna vers son ami, saisit son corps, le serra contre lui, et éclata en sanglots.

Durant une heure il pleura, collé au corps tronqué de Zeytine. Puis il quitta le cabanon et alla chercher Süleyman.

— Il faut faire sa toilette, dit celui-ci. Tu veux t'en charger ?

— Si tu acceptes de m'aider, je la ferai sous tes yeux.

— Tu dois d'abord le déshabiller, fit Süleyman.

Elie découvrit entièrement le corps de Zeytine Mehmet.

— Il a le torse d'un lutteur ! s'exclama Süleyman. Et ses bras ! Regarde ses bras !

C'était vrai. Malgré son âge, Zeytine était une montagne de muscles. Ses mains, ses épaules, sa poitrine, tout était puissant et ferme, et Elie se dit qu'il aurait pu le peindre en martyre.

— Presse son ventre, reprit Süleyman. D'abord avec délicatesse, puis de manière plus ferme, pour débarrasser le corps de ses souillures.

Elie pressa le ventre de Zeytine comme Süleyman avait dit.

— Enroule un torchon autour de ta main, poursuivit Süleyman, et fais sa toilette intime.

A nouveau Elie s'exécuta.

— Je vais t'aider à changer le drap. Après quoi tu vas laver notre ami. Tu le feras trois fois, de haut en bas.

Elie lava le corps de son ami à l'eau fraîche, avec autant de douceur qu'il put y mettre, trois fois et de haut en bas.

— Pour le linceul, je vais t'aider, intervint Süleyman.

Lorsqu'ils eurent achevé d'envelopper Zeytine Mehmet dans trois pièces de drap, Süleyman alla chercher Neshet, l'imam du quartier.

Pendant qu'Elie les attendait debout, les yeux sur le linceul, il se dit qu'il avait aimé Zeytine comme il n'avait jamais aimé personne.

— J'ai attelé Beyaz à la carriole, fit Süleyman lorsqu'il arriva avec Neshet. J'ai aussi deux pelles et la planche.

Le cimetière se trouvait à un quart d'heure de marche, en direction de la porte d'Andrinople. C'était un cimetière de pauvres où chacun creusait la tombe des siens.

Süleyman saisit l'une des pelles.

— Je voudrais être seul à creuser, fit Elie.

Neshet haussa les épaules :

— Mettez-vous d'accord entre vous, mais vite. J'ai froid.

— Tu sais comment faire, pour le décrochement ? demanda Süleyman.

— Je suis au courant, fit Elie.

Chez les juifs aussi, on creusait une fosse dont la partie haute était un peu plus large que celle du bas, il le savait. Cela permettait de caler une planche au-dessus du corps et lui évitait d'être écrasé par le poids de la terre, au moment où la fosse était comblée.

Neshet choisit un emplacement sur lequel Elie traça un quadrilatère et se mit à creuser en taillant la terre avec l'arête de la pelle, tant sa surface était dure. Lorsqu'il arriva à mi-hauteur, il posa la planche, marqua le décrochement qui permettrait de bien la caler, et acheva de creuser la fosse.

En moins d'une heure, elle fut prête à recevoir Zeytine Mehmet. Neshet et Süleyman le soulevèrent du chariot et le tendirent à Elie.

Il posa Zeytine à terre avec soin, s'extirpa de la fosse et rejoignit les deux autres. Neshet fit la prière funèbre. Elie et Süleyman la répétèrent après lui, verset par verset, et, lorsque Neshet eut terminé, il se tourna vers Elie :

— Tu peux mettre la planche.

— Je souhaite réciter une autre prière, fit Elie. Je voudrais ta permission.

— Laquelle ? demanda Neshet.

— Le Kaddish.

— C'est la prière des juifs… Je ne comprends pas…

Il dévisagea Elie quelques instants :

— Tu es *dönmé**.

— Je suis né juif, fit Elie.

L'imam hocha la tête lentement :

— Qui récite cette prière chez les juifs ?

— Le fils, fit Elie.

* "Converti" (littéralement : retourné).

— Tu es le fils de Mehmet ?

— Non. Bien sûr que non. Mais j'aimerais dire le Kaddish.

Neshet resta silencieux, les yeux dans le vague. Puis il se tourna vers Elie :

— Ta prière… Est-ce qu'elle viendra du fond de ton cœur ?

— C'est là où elle se trouve, dit Elie. Elle est aussi profondément dans mon cœur qu'elle peut l'être. C'est de là qu'elle viendra.

— Alors dis-la, fit Neshet. Vas-y.

Ainsi Elie récita les trois strophes du Kaddish :

It Kaddal veit Kaddash
Sheme rabbah

Que Son grand nom soit répandu et sanctifié

Il termina la prière, posa la planche sur le décrochement et versa une pelletée de terre. Süleyman et Neshet firent de même, après quoi Elie combla la fosse, et le surplus de terre créa un petit monticule qu'il arrangea par de petits coups de pelle.

— Il faudra penser à l'inscription, avant qu'on n'oublie où on l'a mis.

Elie l'assura qu'il s'en occuperait dès le lendemain.

Les trois hommes s'embrassèrent.

— A bientôt, si Dieu veut, lui dit Süleyman.

— Tu as prié avec cœur, fit Neshet. Que Dieu te garde.

XVII·

De retour au cabanon, Elie brûla les guenilles de Zeytine Mehmet. Il ôta le drap sur lequel il lui avait fait sa toilette et le remplaça par un autre, qu'il trouva dans le bahut, où il constata qu'il n'y avait plus aucune nourriture. Puis il ressortit et prit le chemin du Bazar.

Il arriva au Han par l'arrière et grimpa au galetas au moyen de l'échelle à incendie. Il s'étendit sur les planches, ferma les yeux et revécut la mort de son père. Les mots prononcés sur la coursive, le bruit du corps qui s'affaissait, les paroles du garde lorsqu'il avait annoncé à Arsinée que son père était mort, et bien sûr l'image de son père, étendu, le *gömlek* rouge de son urine ensanglantée, tout lui revint en mémoire, dans chaque détail.

Il resta ainsi couché durant quelques minutes. Puis il ouvrit les yeux et constata que la fente par laquelle il regardait les filles avait disparu. Il essaya de la recréer, mais il n'avait pour cela que ses ongles, et le torchis tint bon.

Il s'assit en tailleur et eut un bref soupir de dérision. Qu'est-ce que cela aurait changé ? Comme s'il aurait pu voir son père à travers la fente, l'appeler, et lui demander pardon...

Il lui avait tourné le dos, à son père. Il l'avait abandonné. De la même manière qu'il avait abandonné tous les siens. Arsinée, Stefania, Leonora... Il les avait tous trahis. Et il aurait trahi Rachel comme les autres, si elle lui en avait laissé le temps. Et Venise qui l'avait accueilli, il l'avait trahie, elle aussi. Elle lui avait commandé une Cène pour que chacun puisse s'y retrouver, pas une représentation dans laquelle il se complaisait à dire qui il était. Personne ne lui avait demandé de raconter sa vie ! Et ce besoin de peindre des calottes et des rabbins… S'il n'en pouvait plus de tricher et de mentir, était-ce la faute des Vénitiens ?

Il aurait dû s'effacer derrière sa peinture, au lieu d'en faire un prétexte pour se mettre au-dessus des autres.

Un faux humble qui avait sacrifié à son orgueil chaque personne qui s'était trouvée sur son chemin, voilà ce qu'il avait été. Un homme d'une vanité sans limite.

XVIII

— Que cherches-tu ?

Ralfi, le gardien du cimetière, détaillait avec méfiance l'homme qui était devant lui. Que cherchait un pieux dans un cimetière juif ? Il eut peur. L'autre était court de taille, mais ses épaules étaient impressionnantes et il devait avoir une force de bœuf.

L'idée de s'enfuir traversa l'esprit de Ralfi. Mais l'homme n'aurait fait de lui qu'une bouchée… En plus, il avait une drôle de tête. On aurait dit celle d'un gros rat.

Bien sûr, des gens bizarres, il en voyait souvent, au cimetière… Tous les juifs n'avaient pas la distinction de ceux d'Espagne… Les romaniotes et les karaïtes étaient les seuls qui avaient du bien, alors ils se prenaient pour des aristocrates… Quant aux ashkénazes, impossible de les comprendre, avec leur accent horrible… Finalement, pour ce qui était des manières, on ne pouvait compter que sur les séfarades. "Nous n'avons pas les sous, mais nous avons les livres", qu'ils disaient.

Ces réflexions aidèrent Ralfi à retrouver un peu de courage :

— Pardonne-moi… Je suis le gardien. Je peux t'aider ?

— Mon père, qui habitait Gênes, avait un ami séfarade…

Qui était cet individu ? Porter la calotte musulmane et parler des juifs d'Espagne, ça n'allait pas ensemble…

— L'ami s'appelait Samuel Soriano et travaillait pour Izak Bey, le vendeur d'esclaves.

— Soriano… Ce nom ne me dit rien. Tu sais quand il est mort, ton Soriano ? Si tu me donnes une date, je pourrais peut-être t'aider…

— Il y a de cela quarante-cinq ans.

Le gardien hocha la tête :

— Pour nous… Cela ferait l'an 5191, ou 5192, selon le mois… Viens, je vais essayer de retrouver sa tombe. Tu n'arriverais pas à l'identifier, ici tout est écrit en hébreu…

— Je te remercie, fit Elie.

L'alphabet hébraïque que lui avait enseigné Rabbi Alberto lui revint en mémoire. Samuel s'écrivait *shin aleph mem* et ainsi de suite. Il essaya de déchiffrer l'inscription devant laquelle le gardien s'était arrêté, mais l'autre passa à la suivante après une seconde à peine, puis à celle d'à côté, et ainsi de suite. Au bout de quatre allées, le gardien se tourna vers Elie :

— Je ne la trouve pas. C'est bizarre, car à l'époque déjà, pour les juifs, il n'y avait pas d'autre cimetière. S'il n'est pas ici, c'est sans doute qu'il n'a pas eu droit à une sépulture.

Elie éclata en sanglots.

Ralfi était habitué à des scènes d'émotion, mais celle-ci le surprit beaucoup. Un homme si fort qui pleurait avec un désespoir d'enfant… Après tout, ce n'était pas lui qui était en deuil…

— Tu l'as bien connu ?

Elie fut incapable d'articuler un seul mot.

Il aurait pu s'ouvrir au gardien. Lui demander : "Comment vais-je pouvoir lui demander pardon, maintenant, tu peux me le dire ?"

Mais qu'est-ce que cela aurait changé ?

Alors il lui tourna le dos et quitta le cimetière en courant.

XIX

Il entra au Bazar par la porte Mahmout-Pasha, le traversa de bout en bout, monta la rue des Fabricants-de-Pantoufles, et se retrouva devant le Han.

Il resta debout plusieurs minutes, à en observer les alentours. Puis il s'assit, à la place exacte où Zeytine avait mendié pendant cinquante ans.

Durant l'heure qui suivit, quatre passants déposèrent de la nourriture devant lui. Un autre lui lança deux aspres.

Une heure passa encore. Il se mit à observer les gens en prenant son temps, avec une grande force, comme il ne l'avait pas fait depuis longtemps.

L'après-midi était sur le point de s'achever lorsqu'il ferma les yeux et se couvrit le visage de ses mains.

Quelques instants plus tard, il vit sa main droite esquisser l'ovale d'un visage. D'un mouvement lent et maîtrisé, elle traça un trait, puis un autre, puis un autre encore, de façon de plus en plus rapide et sûre, jusqu'à ce qu'un portrait apparaisse à Elie aussi clairement que s'il l'avait devant lui.

Puis, le visage toujours caché, Elie vit sa main saisir le dessin et le déposer sur la pile.

C'était le portrait de son père. Il l'avait représenté en pauvre bougre qu'il était. Au coin supérieur droit de la feuille, sa main avait écrit ces mots :

Sami Soriano, employé d'un marchand d'esclaves à Constantinople.

ÉPILOGUE

Peu après la mort d'Angelo Gandolfi, *L'Homme au gant* fut expédié à Assise avec le reste de ses effets, parmi lesquels se trouvait la lettre qu'il avait reçue en accompagnement du tableau*.

La toile fut accrochée dans l'une des salles de réception de l'évêché, où quinze ans plus tard, à l'automne 1593, elle attira tant le regard de Clément VIII, en visite à Assise, qu'Aldo Pollinati, l'évêque, se sentit obligé de la lui offrir. En 1614, le pape Innocent X fit cadeau du portrait à l'ambassadeur d'Angleterre auprès du Saint-Siège, en remerciement d'une négociation sur le statut de l'Eglise anglicane. Quelques années plus tard, Ralph Williams l'offrit à Charles Iᵉʳ d'Angleterre. A la mort de ce dernier, en 1651, le tableau fut acquis par le banquier Jabach, l'un des plus grands collectionneurs de son époque. Lors de la seconde vente de la collection Jabach, en 1671, le tableau fut acheté par Louis XIV. Il est depuis cette date propriété de l'Etat français.

---

* La lettre de Titien au nonce est classée dans les archives de l'évêché d'Assise sous la rubrique Cinquecento – Corrispondenza – Vescovi di Assisi – CF – 122-a.

TABLE

BABEL

Extrait du catalogue

Achevé d'imprimer en décembre 2016 par Normandie Roto Impression s.a.s.
61250 Lonrai sur papier fabriqué à partir de bois provenant de forêts
gérées durablement pour le compte d'ACTES SUD, Le Méjan, Place
Nina-Berberova, 13200 Arles.
Dépôt légal 1re édition : juin 2013.
N° impr. : 1605594
(Imprimé en France)